동유럽 기행

동유럽 기행

**De viaje por
europa del este**

가브리엘
가르시아 마르케스
송병선 옮김

민음사

차례

'철의 장막'은
빨간색과 흰색으로
칠한 나무 방책

'철의 장막'은 장막도 아니고 철로 돼 있지도 않다. 그것은 빨간색과 흰색으로 칠한 나무 방책인데, 꼭 이발소 간판 같다. 그 장막 안에 석 달 동안 머무르고서, 나는 철의 장막이 정말로 철의 장막이기를 바라는 건 일반 상식이 모자란 결과라는 걸 깨달았다. 그러나 십이 년 동안 집요하게 선전을 해 대면, 그로 인해 생겨난 신념이 모든 철학 체계보다 더 큰 힘을 발휘한다. 24시간 매일 저널리즘 문학에 매달리면 상식적인 생각이 극단적으로 무너지고, 그래서 우리는 은유나 암시를 글자 그대로 받아들이게 된다.

모험에 나선 사람은 우리 셋이었다. 자클린은 인도차이나 태생의 프랑스 여자로 파리의 어느 잡지사 편집 디자이너였다. 그리고 떠돌이 이탈리아 사람 프랑코는 밀라노 잡지사의 프리랜서 통신원으로, 밤이면 밤마다 놀라움을 금할 수 없는 곳에 살고 있었다. 그리고 세 번째 사람은 내 여권에 적힌 바에 따르면, 바로 나였다. 이 모험은 6월 18일 아침 10시, 프랑크푸르트의 어느 카페에서 시작되었다. 프랑코는 여름에 쓰려고 프랑스제 자동차 한 대를 샀지만, 그걸로 뭘 어떻게 해야 할지 몰랐다. 그래서 우리에게 "철의 장막 뒤에 무엇이 있는지 보러 가자."고 제안했다. 봄날 아침의 늦은 시간 같은 날씨는 여행하기에 최적이었다.

프랑크푸르트 경찰은 모든 절차를 무시했고, 그래서 우리는 자동차로 동독을 지나갈 수 있었다. 두 나라는 외교 관계도 없고 무역 관계도 없다. 매일 밤 전용 철로로 한 편의 기차가 베를린으로 떠나는데, 거기서는 규정에 맞는 여권 외에는 그 어떤 서류도 요구하지 않는다. 그러나 그 철로는 야간 터널과도 같고, 프랑크푸르트에서 시작해서 서베를린에서 끝난다. 서베를린은 사방이 동독으로 둘러싸인 서유럽의 조그만 섬과 같다.

현실적으로 철의 장막 안으로 침투할 수 있는 유일한

교통수단은 도로뿐이다. 그러나 국경 당국은 너무나 엄격해서 얼핏 봐도 정식 비자도 없이 프랑스 번호판을 단 자동차로는 모험을 할 수 없을 것 같았다. 프랑크푸르트의 콜롬비아 대사관 영사는 신중한 사람으로, 포파얀*의 조심스러운 스페인어로 말했다. "조심해야 합니다. 그곳은 모두 소련 사람들 손에 있다는 걸 명심해야 합니다." 독일인들은 더 분명하게 말했다. 그들은 우리가 국경을 통과하더라도 카메라와 시계, 그리고 귀중품들을 압류당하게 될 거라고 경고했다. 그리고 먹을 것과 여분의 휘발유를 가져가라면서, 국경부터 베를린까지의 600킬로미터를 중간에 쉬지 말고 가라고 알려 주었다. 그리고 언제든 소련군에게 기관총 사격을 당할 위험이 있다고 주의시켰다.

행운에 기대는 수밖에 없었다. 프랑크푸르트에서 또 다른 독일어 영화를 보며 하룻밤을 또 보내야만 할 수도 있다는 불길한 징조에 직면하자, 프랑코는 동전을 던져 여행할지 말지를 결정했다. 동전 뒷면이 나왔다.

"좋아." 그는 말했다. "국경에서 우리 세 사람이 미친

---

* 콜롬비아 남서부 지역의 주도.

척하는 거야."

동독과 서독의 훌륭한 도로망은 바둑판처럼 이루어져 있었다. 그 도로들은 히틀러가 강력한 전쟁 무기를 이동하기 위해 건설한 것이었다. 이는 양날의 무기였는데, 연합군의 침략에도 사용되었기 때문이다. 또한 평화 유지에 필요한 엄청난 자산이기도 했다. 우리가 모는 것 같은 자동차는 평균 80킬로미터의 속도로 그 도로를 달릴 수 있다. 그러나 우리는 밤이 되기 전에 철의 장막에 도착하겠다는 목표로 시속 100킬로미터로 달렸다.

저녁 8시에 서방 세계의 마지막 마을을 지났다. 그곳 주민들, 특히 아이들은 우리가 지나가자 다정하면서도 당황스럽다는 표정으로 손을 흔들며 인사했다. 몇몇 아이들은 평생 프랑스제 자동차를 한 번도 본 적이 없었다. 십 분 후 독일군 병사가 모습을 드러냈다. 각진 턱과 배지가 가득 달린 군복뿐 아니라 영어 억양도 영화 속 나치와 똑같았다. 군인은 완전히 형식적으로 우리 여권을 검사했다. 그러고서 우리에게 경례했고, 아무도 없는 지역으로 들어가도 좋다고 승인했다. 두 세계를 분리하는 무인 지대였다. 그곳에는 고문 시설도 없었고, 수십 킬로미터에 달하는 그 유명한 전기 철조망도 없었다. 아무것도 경작하지 않은 땅 위에서, 아직도 전쟁 다음 날인 듯 군화와 무기로 난도질되었던 땅 위를 석양이 붉게 물들이고 있었다. 그것이 철의 장막이었다.

그들은 국경에서 식사하고 있었다. 초병은 더럽고 안쓰러운 군복 차림의 10대 후반의 청년이었다. 군복은 그가 입기에 다소 컸고, 군화와 경기관총도 마찬가지였다. 그는 우리에게 수신호를 보내 세관 관리가 식사를 마칠 때까지 주차하라고 했다.

우리는 한 시간 이상 기다렸다. 이미 밤이 되었지만 불빛은 계속 꺼져 있었다. 길 건너편엔 철도역이 있었는데, 목제 건물은 먼지투성이였고 창문과 문은 모두 닫혀 있었다. 소리 하나 없는 적막한 어둠이 따뜻한 음식의 훈기를 내뿜었다.

"공산주의자들도 밥은 먹는군." 나는 이렇게 말하면서 유머 감각을 유지하려고 했다. 프랑코는 운전대 위에서 꾸벅꾸벅 졸았다.

"맞아." 그가 말했다. "서방 세계는 그렇지 않다고 선전하지만."

10시가 되기 조금 전에 불이 켜졌고, 한 초병이 여권을 검사해야 하니 불빛이 있는 곳으로 가까이 오라고 했다. 그는 읽을 줄도 모르고 쓸 줄도 모르는 사람처럼 교활하면서 어리벙벙한 눈빛으로 일정 시간을 할애하며 여권의 각 페이지를 주의 깊게 검사했다. 그러고는 바리케이드를 치우고서 10미터 앞에 주차하라고 지시했다. 그곳은 함석지붕의 목제 건물 앞이었는데, 서부 영화에 나오는 무도장과 흡사했다. 앞의 초병과 동갑내기처럼 보이는 무장하지 않은 초병이 우리를 어느 창구로 데려갔다. 그곳에는 군복을 입은 다른 두 청년이 우리를 기다리고 있었는데, 그들은 엄하고 빈틈없기보다는 다소 당황스러워하는 얼굴이었지만, 다정한 기색은 전혀 보이지 않았다. 나는 무능하고 거의 글도 모르는 젊은이들이 동유럽 세계라는 거대한 문을 경비하고 있다는 사실에 적잖이 놀랐다.

두 병사는 펜대의 펜촉과 코르크 마개가 달린 잉크병의 잉크를 사용해서 우리 여권의 자료를 옮겨 적었다. 아주 힘들여 작업했다. 한 사람이 읽어 주면 다른 병사는 프랑스어, 이탈리아어, 스페인어 소리를 시골 초등학교만 나온 사람의 초보적인 글씨로 받아 적었다. 손가락은 잉크

범벅이 돼 있었다. 우리는 모두 진땀을 흘렸다. 그들은 애를 쓰느라 그랬고, 우리는 그들이 애를 쓰는 것 때문에 그랬다. 우리는 내 출생지인 '아라카타카'를 불러 주고 받아 적는 불행한 순간이 지날 때까지 꾹 참고 있어야만 했다.

　다음 창구에서 우리는 소지하고 있는 돈이 얼마인지 신고했다. 그러나 창구가 바뀐 건 의미 없는 절차의 문제에 불과했다. 첫 번째 창구에 있던 보초들이 그 업무를 수행했기 때문이다. 세 번째 창구에서 마지막으로 우리는 손짓으로 독일어와 러시아어로 된 질문지에 자동차와 관련된 사항을 세세하게 적었다. 이런 터무니없고 엉뚱한 제스처를 동원하고 5개 언어로 소리 지르고 욕하면서 반시간을 보낸 후, 우리는 '재정의 건강부회'에 빠졌음을 깨달았다. 자동차 운행권을 얻으려면 동독 돈으로 8마르크가 들었다. 서독 은행은 1달러에 4서독 마르크를 준다. 동독 은행은 1달러에 2동독 마르크만을 준다. 하지만 서독 마르크와 동독 마르크의 가치는 비슷하다. 문제는 우리가 달러로 지급하면 자동차 운행권이 10달러라는 사실이었다. 그러나 서독 마르크로 내면 20서독 마르크, 다시 말하면 5달러에 불과했다.

그 시간에 배고파 신경질이 나고 죽을 것 같았던 우리는 철의 장막에 들어가기 위한 모든 여과기를 통과했다고 생각했다. 그런데 그때 세관 책임자가 나타났다. 그는 생김새와 행동이 촌스러운 사람이었다. 40센티미터에 달하는 군화를 신고 더러운 능직 바지와 해진 모직 재킷을 입고 있었는데, 툭 불거진 재킷 주머니들엔 서류와 빵 부스러기가 가득한 듯 보였다. 그는 독일어로 우리에게 말했다. 자기를 따라오라는 말 같았다. 그렇게 우리는 이른 밤에 뜬 몇 개의 별빛이 비치는 황량한 도로로 나갔고, 철길을 건넜으며, 기차역 뒤를 빙 돌았고, 조금 전에 먹은 음식 냄새가 밴 긴 식당으로 들어갔다. 4인용 식탁 위로 의자들이 겹겹이 겹쳐 있었다. 문에는 경기관총으로 무장한 보초가 있었고, 그 옆에는 마르크스주의 책과 선전용 책자들이 전시된 테이블이 있었다. 프랑코와 나는 책임자와 함께 걸었다. 자클린은 몇 미터 떨어져서 나무 바닥에 소리를 내면서 구두 굽을 질질 끌며 따라왔다. 책임자는 걸음을 멈추었고, 자클린에게 우리 옆으로 오라며 모질게 손짓으로 지시했다. 그녀는 지시에 순순히 따랐고, 우리 네 사람은 아무도 없는 복도의 미로를 지나 안쪽의 마지막 문까지 말없이 걸었다.

우리는 네모난 방에 들어갔다. 금고 옆에 책상 하나가 있고, 정치 선전 책자가 놓인 조그만 테이블 주변으로 의자 네 개가 있는 방이었다. 그리고 세면대와 침대가 벽에 붙어 있었다. 침대 위의 벽에는 어느 잡지에서 오려 낸 동독 공산당 총비서의 얼굴 사진이 있었다. 책임자는 우리 여권을 갖고 책상에 앉았다. 우리는 의자에 앉았다. 나는 콜롬비아 마을을 떠올렸다. 그곳 시골 법정은 낮에는 아무 일도 하지 않았지만, 밤에는 영화관에서 합의한 사랑의 약속 장소로 사용되었다. 자클린은 충격을 받은 것 같았다.

그 방에서 우리가 얼마나 오랫동안 머물렀는지는 정확하게 말할 수 없다. 그 관리는 독일어로 똑같은 질문을 했고 우리는 차례대로 대답을 해야만 했다. 내 평생 기억에서 가장 멍청한 관리였다. 처음에는 인정사정없었다. 우리는 모든 수단을 동원해서 자본주의 국가의 첩자가 아니며, 동독을 한 바퀴 돌아보고 싶은 것뿐이라고 설명했다. 나는 그가 방탄 독일어로, 그러니까 영어, 프랑스어, 이탈리아어와 스페인어, 심지어 가장 다정한 손짓까지도

팅겨 버리는 말로 생각하고 있다는 인상을 받았다. 그는 미친 자들의 대화에 화가 났다. 그는 자기 자신에게 격앙했고, 나중에는 잉크 얼룩과 수정한 글씨로 엉망이 된 비자를 세 번이나 찢어 버리게 되자 자신의 무능력에 분노했다.

자클린의 차례가 되자 분위기가 다소 누그러졌다. 인도차이나 사람 같은 그녀의 얼굴을 보자, 책임자가 뒤늦게 관심을 보였기 때문이다. 그는 손짓으로 그녀가 여행 중에 '금발과 푸른 눈의 사랑'을 만날 수도 있다고 설명했다. 그리고 그녀를 높이 평가한다는 증거로 무료 비자를 제공했다. 그 사무실에서 벗어나자, 우리는 우리가 피로와 분노의 한계점에 이르러 있음을 알았지만, 아직도 반 시간을 더 허비해야만 했다. 책임자가 손짓과 독일어와 영어 조각으로 한 구절을 설명하려고 했기 때문인데, 마침내 우리는 그 말을 글자 그대로 이해할 수 있었다. "자유의 태양이 콜롬비아에 빛나리라."라는 말이었다.

셋 중 가장 덜 졸렸던 자클린이 운전대를 잡았고, 프랑코는 조수석에 앉아 그녀가 졸지 않게 도왔다. 1시가 돼 가고 있었다. 나는 뒷좌석에 드러누워 매끄럽고 반짝이며 절대적으로 아무도 없는 자동차 전용 도로 위에서 조용히 미끄러지듯 움직이는 타이어 소리를 들으며 잠들었다. 눈을 떴을 때는 동이 트고 있었다. 우리 반대편 차로에서는 거대한 차량 여러 대가 천천히 지나가고 있었는데, 챙이 달린 전조등이 아래쪽을 향하고 있어서, 새벽의 첫 햇빛과 거의 구분이 되지 않았다. 끝없는 차량 대열이 뭔지 알 수 없었다.

"저게 뭐지?" 내가 물었다.

"우리도 몰라." 자클린이 운전대에서 긴장한 모습으로 대답했다. "밤새 지나가고 있었어."

새벽 4시가 되자, 화창한 여름 아침이 경작되지 않은 거대한 평원 위로 솟아올랐다. 그제야 비로소 우리는 그게 러시아 군용 트럭이라는 사실을 알았다. 30분 간격으로 스무 대 혹은 서른 대가 대열을 지어 지나갔다. 그리고 그 뒤로 번호판이 없는 러시아제 자동차 몇 대가 따라갔다. 몇몇 트럭에는 병사들이 무기를 들지 않은 채 타고 있었다. 그러나 대부분은 국방색 방수천으로 덮여 있었다.

자동차 전용 도로의 고독은 최신 모델의 미국산 자동차 사이를 뚫고 가야만 하는 서독과 대조되어 더욱 두드러져 보였다. 하이델베르크에서 몇 킬로미터 떨어지지 않은 곳에 주독 미군 총사령부가 있는데, 거기엔 도로 양쪽으로 3000미터 넘게 자동차 공동묘지가 펼쳐져 있었다. 반면 동독에서는 길을 잘못 들어서 아무 곳도 나오지 않는 도로로 여행한다는 느낌이 들었다. 그나마 울타리가 있어서 혼자 있다는 생각을 조금이나마 떨칠 수 있었다. 서방 세계의 도로에 광고판이 있는 것과 달리, 여기엔 낙지 몸을 한 서독 총리 아데나워가 프롤레타리아의 촉수를 쥐어짜는 캐리커처가 그려져 있었다. 공산주의 투쟁 문학의 모든 은유가 형편없는 그림과 눈에 띄는 색깔로 묘사된 반면, 자본주의의 잔학 행위에 대한 유일한 대표자이자 절대적인 실행자로는 서독 총리인 아데나워만 그려져 있었다.

동유럽 프롤레타리아와의 첫 번째 접촉은 뜻하지 않게 이뤄졌다. 아침 8시에 우리는 도로변에서 주유소를 보았고, 조금 너머로 아직도 '미트로파'라는 네온사인 광고판이 켜진 식당을 보았다. 동독 국영 식당 상표였다. 프랑코는 차에 기름을 가득 넣었다. 우리는 가진 돈이 얼마나 되는지 계산하고서, 미친 자들의 새로운 무대가 될 수도 있는 위험을 감수하며 아침 식사를 하기로 했다.

　나는 그 식당에 들어갔을 때를 절대 잊을 수가 없다. 마음의 준비를 하지 않은 상태에서 현실과 부딪쳐 엎어지는 것과 같았다. 언젠가 아무런 마음의 준비도 없이 나폴리의 좁고 험한 길로 들어선 적이 있다. 바로 그 순간 어느 3층 창문에서 밧줄에 묶어 관을 하나 내리고 있었다. 그런 동안 아래에서는, 그러니까 아이들과 거지들, 그리고 토막 난 돼지를 실은 수레가 빼곡한 그 골목길에서는 사람들이 죽은 사람의 아내를 통제하려고 애쓰고 있었다. 여자는 옷을 찢으며 머리를 쥐어뜯었고, 울부짖으며 바닥에 뒹굴었다. 그 식당의 인상은 달랐지만, 강도(剛度)의 면에서는 똑같았다. 나는 일상생활의 가장 단순한 행위, 즉 아침 식사에 그토록 온 정신을 쏟는 애절한 장면은 처음 보았다. 슬픈 얼굴을 하고 누더기를 걸친 100여 명의 남자와 여자가 수증기로 가득한 홀에서 잘 들리지 않는 소리로 두런거리면서 감자와 고기와 달걀 프라이를 먹고 있었다.

　우리가 들어가자 두런거림이 멈추었다. 나는 내 콧수염과 검은 체크무늬의 빨간 재킷도 거의 의식하지 않는 사람이지만, 그들이 말을 멈춘 것은 자클린의 이국적인 외모 때문이라고 여겼다. 침묵을 통해 슬쩍 엿보는 100여 개의 시선을 피부로 느끼면서, 우리는 유일하게 비어 있는 테이블로 갔다. 한 곡당 반 마르크를 넣는 빛바랜 전축 옆이었다. 우리에게 익숙한 노래들이었다. 페레스 프라도*의 맘보, 로스 판초스**의 볼레로, 특히 재즈 음반들이 있었다.

흰 제복을 입은 여종업원이 빵과 치커리 맛이 심하게 나는 블랙커피를 갖다주었다. 그곳 월급은 프랑스의 반에 불과했지만, 그렇다 쳐도 파리보다 훨씬 쌌다. 그리고 나중에 동독의 월급과 관련해 확인한 바에 따르면, 유럽의 그 어느 국가보다도 저렴했다. 계산하는 순간에 동독 마르크가 부족했기 때문에, 여종업원은 1서독 마르크를 받았고, 일반 종이에 환전했다는 서명을 하라고 했다.

프랑코는 우울한 표정으로 손님들을 살펴보았다. 살

---

* 호세 다마소 페레스 프라도(José Dámaso Pérez Prado, 1916~1989), '맘보의 왕'으로 알려진 쿠바 태생의 멕시코 가수.

** Los Panchos. 두 명의 멕시코 가수와 한 명의 푸에르토리코 가수로 이뤄진 3인조 밴드. 1940년대 멕시코시티에서 결성되었으며, 라틴 아메리카 대중음악사에서 최고의 3인조 밴드로 평가된다.

아가는 동안 우리는 재현할 수도 없고 설명할 수도 없는 예민한 순간을 만난다. 그 사람들은 유럽의 나머지 국가에서는 보통 점심 식사로 먹는 것들을, 그것도 상대적으로 아주 싼값에 아침 식사로 먹고 있었다. 그러나 찌들고 불쌍한 사람들이었다. 그래서 고기와 달걀 프라이가 있는 화려한 아침 식사를 아무런 열정도 없이 먹고 있던 것이었다.

프랑코는 남아 있던 마지막 한 모금의 커피를 마셨고, 허벅지를 더듬으며 담배를 찾았다. 하지만 찾을 수가 없었다. 그러자 벌떡 일어나더니 가장 가까이 있는 사람들에게 다가가서 손짓으로 담배를 달라고 부탁했다. 그러자 근처 테이블에 있던 남자들이 너나 할 것 없이 몰려들어 우리 위로 성냥갑과 담배 개비와 뜯지도 않은 담뱃갑을 건넸다. 그들은 야단법석을 떨며 집단적 아량 혹은 관대함을 보여 주었다. 잠시 후, 자클린은 베를린으로 날아가듯이 빠르게 달리던 자동차 뒷좌석에 드러누워 그 일에 대해 유일하게 평을 남겼는데, 내가 보기에 그 순간에 그건 올바르고 정확한 평가였다.

"불쌍한 사람들."

베를린,
황당함 그 자체

서베를린에 남은 유럽의 흔적은 그을린 대성당과 폭탄을 맞아 끝이 부서진 대성당의 첨탑뿐이었다. 미국인들은 아이들만큼이나 박쥐들을 소름 끼치게 싫어한다. 전쟁이 끝난 다음 몇 개 남지 않은 망가진 벽에 버팀목을 대고서 벽들을 수선하고 보수하여 도시를 만드는 대신, 미국인들은 더 위생적이고 더 상업적인 기준을 적용했다. 즉, 완전히 없애 버리고 다시 만들기로 한 것이다.

　사회주의 영토 안에서 거대하게 작동하는 자본주의와의 첫 만남은 내게 공허를 선사했다. 아침 내내 우리는 과거의 도시를 찾아 헤매면서 그 안을 여러 번 돌고 돌았지만, 끝내 찾을 수 없었다. 그곳은 다리도 없고 머리도 없는 부조화의 기형적인 도시였는데, 무엇보다도 아직 그곳에 도착했다는 흥분을 경험할 만한 장소가 없었다.

복구되지 않은 광활한 지역은 임시 공원들이다. 여기에는 뉴욕에서 덩어리째 잘라 가져와 이식한 듯한 거리가 있다. 몇 곳에서는 상업적 탐욕이 기술적 탐욕보다 더 빨리 진행되어, 공사장의 비계를 철거하기 일 년 전에 이미 커다란 가게들이 들어서 있었다. 현기증 나는 현대 건축물, 그러니까 단 하나의 유리창처럼 보이는 고층 빌딩 옆에 여러 움집이 몰려 있는데, 거기서 막노동자들이 점심을 먹는다. 걱정스럽게 바삐 서두르는 많은 사람이 나무로 만든 임시 바닥 위를 돌아다닌다. 드릴이 진동하고 펄펄 끓는 아스팔트 냄새가 풍기고 기중기는 철제 구조물과 커다란 코카콜라 광고판 위로 움직인다. 그런 소란스러운 외과 수술 속에서 유럽과 완전히 상반된 무언가가 모습을 드러내기 시작한다. 찬란하고 깨끗하며 청결한 도시인 그곳엔 모든 게 너무 새것처럼 보이는 단점이 있다.

사람들 말에 따르면, 이는 유럽에서 가장 흥미로운 건축 실험이다. 확실히 맞는 말이다. 기술적인 관점에서 서베를린은 도시가 아니라 실험실이다. 지휘봉은 미국이 휘두른다. 내게는 도시 재건에 미국이 얼마나 많은 달러를 투자했는지, 그리고 어떤 형태로 투자했는지 알 수 있는 자료가 없다. 그러나 그 결과는 주시할 수 있다.

조심스럽지만, 나는 서베를린이 가짜 도시라고 생각한다. 미국 관광객들은 여름에 이곳에 들이닥쳐서 사회주의 세상을 엿보고, 또 그 여행을 이용해 미국에서 수입한 물건들을 서베를린에서 구매하는데, 가격은 뉴욕보다 싸다. 미국 최고의 호텔처럼 훌륭한 호텔, 즉 텔레비전과 전화가 있고 욕실을 갖춘 현대식 침실을 자랑하는 호텔이 하루 숙박비로 4마르크, 그러니까 1달러만 받는데 어떻게 유지되는지 설명할 방법이 없다. 교통 체증이 일어나는 곳에서 보는 자동차는 모두 최신 모델이다. 백화점 광고판과 선전물, 그리고 식당 메뉴는 영어로 적혀 있다. 이 서독 영토에는 다섯 개의 방송국이 있는데, 독일어는 한마디도 들리지 않는다. 이런 모든 것을 알아야 하고, 또한 서베를린이 철의 장막 안에 틀어박힌 조그만 섬이며, 반경 500킬로미터 안에서는 무역 관계를 맺은 곳이 없고, 중요한 산업 중심 도시도 아니며, 서양 세계와의 교역은 도시 중심에 있는 비행장에 이 분마다 뜨고 내리는 항공기의 리듬으로 이루어진다는 걸 생각할 필요가 있다. 그러고 나면 서베를린이 자본주의 선전을 담당하는 거대한 기관임을 생각하지 않을 수 없다. 그곳의 역동성은 경제 현실과 부합하지 않는다. 모든 면에서 환상적인 번영이라는 겉모습을 제공하고 동독을 당황하게 만들려는 계획적인 의도를 엿볼 수 있다. 동독은 그 광경을 폐쇄된 세계의 열쇠 구멍으로 바라보며 입을 다물지 못한다.

동베를린과 서베를린의 공식적인 경계는 브란덴부르크 문이며, 거기에는 낫과 망치가 그려진 붉은 깃발이 펄럭인다. 거기서 50미터 떨어진 곳에는 "주의, 당신은 지금 소련 구역으로 들어가게 됨"이라고 적힌 경고판이 있다. 우리는 서베를린을 둘러본 후 해넘이가 시작될 무렵에 그 경고판 앞에 도착했다. 프랑코는 본능적으로 속도를 줄였다. 러시아 경찰이 멈추라는 신호를 보내고서, 순전히 관료적인 시선으로 자동차를 검사하더니, 앞으로 가라고 지시했다. 그곳을 통과하는 건 신호등에서 초록색 불을 기다리는 일처럼 간단하다. 하지만 곧 끔찍한 변화가 감지된다. 우리는 곧장 운터덴린덴 거리, 즉 보리수나무 아래의 대로로 들어갔다. 과거에는 세계에서 가장 아름다운 길 중 하나로 여겨지던 거리였다. 그러나 이제 기둥은 불에 그을렸고, 도시 입구의 문은 텅 비었으며, 시멘트 바닥은 이끼와 풀로 금이 가 있었다. 1제곱미터도 다시 포장된 곳이 없었다.

동베를린으로 들어갈수록, 정치 체제의 차이를 뛰어넘는 것이 있다는 사실을 깨닫게 된다. 즉, 브란덴부르크 문을 사이에 둔 양쪽의 정신 구조가 반대임을 알게 된다. 동베를린 지역의 손대지 않은 몇몇 블록은 아직도 대포의 충격을 간직하고 있다. 백화점은 지저분하고 폭격으로 벌어진 총안(銃眼) 뒤에 숨어 있으며, 판매하는 물건은 형편없고 조잡하다. 거리 전체가 구멍 뚫린 건물로 가득한 곳도 있는데, 그런 건물의 위층들은 둥근 천장만 덩그렇게 남아 있다. 사람들은 아래층에서 위생 시설도 없고 상수도도 없이 계속 비루하게 살고 있다. 그들은 나폴리 뒷골목에서처럼 창문에 옷을 걸어 말린다. 밤이 되면 서베를린엔 색색의 광고판이 넘쳐 나지만, 동베를린 쪽에는 오로지 붉은 별만 반짝거린다. 그 어두운 도시의 장점은 그 나라의 경제 현실에 부응한다는 점이다. 그러나 스탈린 거리는 예외다.

서베를린의 역동과 박력에 대해 사회주의는 스탈린

거리의 거대하고 괴상한 건물로 응답한다. 스탈린 거리는 규모뿐 아니라 조잡함 면에서도 압도적이다. 모든 양식을 제대로 소화하지 못한 점은 모스크바의 건축 기준에 부합한다. 스탈린 거리는 지방의 불쌍한 부자들이 사는 주택과 흡사한 거주지를 갖춘 채 거대한 모습을 자랑하지만, 서로 겹쳐 쌓아 올려져 있다는 점이 다르다. 그 거대한 건물들에는 헤아릴 수 없을 정도로 많은 대리석과 꽃과 동물과 돌 가면으로 장식된 기둥이 사용되었고, 지겨울 정도로 소모적인 현관에는 철근 콘크리트로 만든 가짜 그리스 석상이 있었다.

그런 황당한 거리를 만든 사람들의 판단 기준은 초보적이었다. 히틀러가 만든 대로는 운터덴린덴이었다. 그것보다 더 크고 더 넓으며 더 지겹고 더 추한 사회주의 베를린의 대로가 스탈린 거리다. 서베를린은 부자들을 위한 도시, 그러니까 전쟁 전에 운터덴린덴에서 만날 약속을 잡았던 바로 그 사람들을 위한 도시를 건설한다. 스탈린 거리는 노동자 1만 1000명의 거주지이다. 모두가 이용할 수 있는 식당과 영화관, 나이트클럽과 극장이 있다. 그런데 이런 시설 하나하나가 무절제한 저속함을 보여 준다. 보라색 우단을 씌운 가구들과 가장자리가 황금색인 초록색 카펫이 있고, 무엇보다 화장실까지도 사방에 거울과 대리석으로 치장돼 있다. 황당할 정도로 싼 가격에 이 모든 것을 즐길 수 있기에, 이 세상 어떤 지역의 노동자도 스탈린 거리에 사는 노동자보다 잘살지는 못한다. 그러나 그곳에 사는 1만 1000명의 노동자와 달리, 다락방에서 겹겹이 포개져 사는 많은 대중이 있다. 그들은 석상과 대리석, 우단과 거울에 쓴 돈이면 도시를 품격 있게 만들고도 남았을 거라고 솔직하게 털어놓는다.

전쟁이 난다면 베를린은 기껏해야 이십 분 정도 버티리라고 추산되었다. 그러나 전쟁이 나지 않는다면, 그리고 두 체제 중 하나가 다른 체제를 압도한다면 오십 년 혹은 백 년 안에 두 베를린은 하나의 도시가 될 것이다. 그러면서 두 체제의 무료 견본품으로 이루어진 기괴한 무역 박람회장이 될 것이다.

현재 베를린은 외면뿐 아니라 내면도 황당함 그 자체다. 그곳의 내밀한 삶을 알려면 그 삶의 이면을 보고, 실상을 깨달으려면 지하도를 봐야 한다. 히틀러는 자살 한 시간 전, 그의 대문 앞을 러시아 군인들이 점령하자 지하도를 침수시키라는 명령을 내렸다. 지하도로 피신한 사람들을 나오게 하여 시가전을 하게 하려고 한 것이다. 그래서 지하도는 지저분하고 축축하지만, 그것은 베를린 시민들 — 동서를 막론하고 양쪽의 가난한 사람들 — 이 두 체제가 표면적으로 벌이는 무언의 싸움을 최대한 이용하기 위해 동원하는 수단이다. 한쪽에서 일하고 다른 쪽에서 사는 사람들이 있는데, 그들은 각 체제의 가장 좋은 점을 최대한 이용한다. 몇몇 지역은 거리를 건너기만 하면 된다. 한쪽은 사회주의이고, 건너편은 자본주의이기 때문이다. 사회주의 체제에서 주택과 상점과 식당은 국가의 소유다. 자본주의 체제에서는 사유 재산이다. 이론적으로 한쪽에 살면서 거리를 건너 신발 한 켤레를 사면 적어도 각각의 체제에서 세 개의 범죄를 범하게 된다.

그러나 베를린에서 모든 규정이나 법칙은 이론일 뿐이다. 투기와 자본 유출, 체제 혼란을 막기 위한 아주 정확하고 분명한 협정이 존재한다. 원칙적으로 한쪽에서 돈을 쓰고 다른 쪽에서 돈을 벌 수는 없다. 각각의 상행위는 수입원을 증명해야 비로소 이뤄진다. 그러나 현실적으로 동서독 당국은 모르는 척한다. 유일한 관심의 대상은 겉모습이다. 베를린 시민은 거리를 걸어서 이쪽에서 저쪽으로 건너갈 수 있지만, 게임의 법칙을 준수하느라 지하도로만 건넌다. 모든 사람이 그곳을 통해 다른 편으로 건너간다는 사실을 알지만, 공식적으로는 모른 체한다.

서베를린 은행에서 동독 마르크를 사는 순간, 이 잔학한 전투의 가장 요란한 증거가 제시되었다. 우리에게 1달러당 17마르크로 환전해 주는 일이 일어난 것이다. 1달러당 환율이 2마르크라고 믿었던 프랑코는 은행원의 실수를 솔직히 지적했다. 그러나 은행원은 서베를린에서는 정상적인 흐름을 고려하지 않는다고 설명했다. 그러면서 전 세계의 눈앞에서 완벽하게 합법적으로 운영되는 서베를린의 은행은 달러당 17동독 마르크를 주었다. 공식 환율보다 거의 여덟 배나 더 준 것이다. 우리는 그 돈이 동독 안에서 번 돈이라는 사실을 입증할 수 없었기 때문에 동독에서 아무것도 살 수 없어야 했다. 그러나 그건 이론상의 얘기였다. 우리는 서베를린에서 20달러를 환전한 돈으로 동독을 이리저리 돌아다녔다. 정산해 보니 침대에서의 아침 식사를 포함해 화장실과 라디오, 전화기가 있는 최고의 호텔 방이 콜롬비아 돈으로 75센타보였다. 최고의 식당에서 수프와 디저트가 포함된 점심 식사는 콜롬비아 돈으로 20센타보에 불과했는데, 거기에는 팁과 식당을 장식한 석상들과 거울들, 그리고 슈트라우스의 음악도 포함되었다.

아무것도 완전히 확실하지 않고, 아무도 무엇을 따라야 할지 정확하게 모르며, 일상생활의 가장 단순한 행위에도 속임수가 있는 그런 도시의 핵심을 모르는 사람들은 계속 불안한 상태로 살아간다. 화약통에 앉아 있는 듯 느낀다. 마치 아무도 평온하거나 편안하지 않은 것 같다. 파리에서는 외무 장관들이 또다시 어리석은 일을 했다고 해석되는 뉴스가 베를린에서는 대포의 굉음처럼 크게 울려 퍼진다. 타이어 펑크 나는 소리만으로도 공황을 초래할 수 있다.

반면에 라이프치히는 전혀 다르다. 자동차로 꾸불꾸불한 가로수 길을 지나 네 시간을 달려서 우리는 전찻길 정도의 공간밖에 되지 않는 좁고 고독한 거리를 지나 라이프치히로 들어섰다. 밤 10시였고 비가 내리기 시작했다. 창문 없는 벽돌 벽, 가로등의 구슬픈 전등, 이런 것들을 보니 보고타의 가난한 동네에서 맞았던 새벽이 떠올랐다.

라이프치히의 중심가는 수상쩍은 평화를 누리고 있었다. 조명은 변두리처럼 희미했다. 살아 숨쉬는 도시라는 표시는 국영 술집의 네온사인 광고가 유일했다. 'HO'라는 술집에는 시민 손님은 거의 없었고, 군인만 몇 사람 있었다. 열린 식당, 그러니까 미트로파를 헛되이 찾아다니다가 우리는 호텔로 가기로 했다. 호텔 관리 직원은 독일어와 러시아어만 구사했다. 라이프치히에서 가장 좋은 그 호텔은, 스탈린 거리를 장식한 것과 똑같은 사고방식으로 지어진 것이었다. 접수 창구에는 비행기로 공수된 서양의 모든 공산주의 신문이 꽂혀 있었다. 무겁고 치렁치렁한 샹들리에가 빛을 발하는 바에서는 바이올린 오케스트라가 향수를 불러일으키는 음악을 연주했는데, 손님들은 어둡고 고상한 분위기를 풍기며 차갑지 않은 샴페인을 조용히 마시고 있었다. 흰 분을 발라 창백한 모습의 중년 부인들은 유행이 지난 모자를 쓰고 있었다. 음악이 진한 향내 속에서 떠다녔다.

사냥복 같은 군복을 입은 남녀들이 모여 있었다. 나무랄 데 없는 그들은 기다란 빨간색 재킷과 검은 모자를 쓰고 승마용 장화를 신고서, 술집 홀 한쪽 구석에서 과자를 곁들여 차를 마시고 있었다. 검은색 무늬의 커다란 흰 개들만 있다면 영락없이 가장 진부한 영국 귀족에게서 영감을 받은 석판화 속 인물들처럼 보였을 것이다. 블루진과 긴소매 셔츠를 입고 아직도 도로의 먼지를 씻어 내지 않은 우리는 인민 민주주의 유일한 징후였다.

우리는 그곳을 보러 갔었다. 그러나 라이프치히에서 24시간을 보내자, 이제는 단순히 보기만 하는 게 아니라 이해하려고 애쓰게 되었다. 우연의 장난으로 우리는 보름 전에 서독의 학생 도시인 하이델베르크에 있었다. 명석함과 낙관이라는 면에서 그곳은 유럽의 어느 도시보다 인상적이었다. 라이프치히도 대학 도시지만, 남루하고 우울한 사람들이 가득 탄 낡은 전차가 다니는 슬픈 도시다. 주민은 50만 명이지만, 나는 자동차가 스무 대 이상 되지 않을 거라고 믿는다. 독일 민중이 권력과 생산 매체, 통상, 은행, 통신을 모두 손에 넣었지만, 슬픈 민중, 내가 지금까지 본 중에 가장 슬픈 민중이라는 사실은 이해할 수 없는 일이었다.

일요일이면 많은 사람이 놀이공원에서 즐긴다. 그곳에서는 춤곡이 연주되고, 그들은 탄산음료를 마시며, 산책한다. 다시 말해, 아주 저렴한 가격으로 실컷 오후 한나 절을 보낸다. 댄스 플로어는 바늘 하나 들어갈 틈 없이 빽빽하고, 거의 움직이지도 못하는 커플들은 전차에서 통조림이 된 군중처럼 울화통을 터뜨릴 듯한 분위기를 풍긴다. 손님을 응대하는 속도는 느리고, 반 시간 줄을 서야만 빵이나 기차표 또는 영화관 입장권을 살 수 있다. 우리가 놀이공원에서 레모네이드를 사는 데는 두 시간이 걸렸다. 팔꿈치로 밀치고 연인들과 아이들과 함께 있는 나이든 부부들 사이로 길을 터야만 했기 때문이다. 그처럼 강철 같으면서도 비효율적인 조직은 무정부주의와 매우 흡사하다.

우리는 이해할 수가 없었다. 마치 시간을 죽이러 영화관에 갔다가 미친 사람들의 영화, 그러니까 밑도 끝도 없이 오로지 사람을 당황하게 만들려고 줄거리를 구성한 영화를 만난 것 같았다. 새로운 세상, 즉 혁명의 완전한 중심에서 모든 것이 낡고 추레하며 노쇠한 듯 보이는 건 적어도 꽤 당황스러운 일이기 때문이다.

프랑코와 나는 자클린을 잊었었다. 온종일 그녀는 우리 뒤에서, 아니, 뒤에 처져 걸어 다니면서 아무 관심도 없

이 쓰레기 같은 물건을 충격적인 가격으로 전시하는 먼지
투성이 진열장을 바라보았다. 점심때 비로소 그녀는 자신
이 살아 있다는 사실을 증명했다. 코카콜라가 없다고 불
평한 것이다. 밤에 기차역 식당에서 연기와 냄새에, 그리
고 손님에게 한쪽 귀로 들어왔다가 다른 쪽 귀로 나가는
오케스트라 음악에 숨이 막힌 채 한 시간을 기다리다가
자클린은 화를 내며 말했다.

"여긴 형편없고 잔학한 나라야."

프랑코는 완전히 동의했다. 다음 날 아주 이른 시각
에 그는 이유를 찾기 위해 나갔다. 그리고 라이프치히에
는 마르크스-레닌 대학이 있으며, 거기에선 세계 모든 나
라에서 온 젊은이들이 마르크스주의를 공부한다는 사실
을 떠올렸다. 그곳은 평화로우며 사색에 잠기기 좋은 분
위기이고, 건물들은 나무들 사이에 조심스럽게 묻혀 있어
서 가톨릭 신학교와 너무나 비슷했다. 나는 그곳에서 남
아메리카 학생들을 만나는 행운과 기쁨을 누렸다. 그들
덕분에 주관적일 수도 있었던 우리의 의견은 구체적인 토
대 위에서 확인되었다. 물론 그것은 또한 그날 밤 볼프 씨
의 집에서 열린 너무나 끔찍한 파티 덕분이기도 했다.

몰수당한
사람들이 모여
그들의 괴로움을
말하다

우리는 전혀 뜻하지 않은 상황에서 헤르만 볼프 씨와 만나게 되었다. 저녁 식사 후에 자클린은 호텔로 갔다. 프랑코와 나는 칠레 학생과 계속 함께 있었는데, 앞으로 그를 세르히오라고 부를 것이다. 미리 알려 두는데 그것은 가명이다. 그는 서른두 살의 남자로 변호사이며, 동독 정부의 장학금을 받아 정치경제학 전문 과정을 공부하고 있었다. 이 년 전에 그는 비밀리에 제 나라에서 나왔다. 그리고 그때부터 라이프치히에서 살고 있다.

11시가 되자 도시는 잠들었다. 세르히오는 우리를 '페미나'라는 국영 나이트클럽으로 데려갔다. 유일한 유흥업소로 새벽 2시까지 여는 곳이었다. 나는 다른 곳에서 그 업소를 보았다고 생각했지만, 프랑코는 내가 실제로 본

게 아니라는 사실을 떠올려 주었다. 어느 실존주의 소설에서 읽은 것이었다. 검은색 벽 위로 비추는 은은한 자줏빛 간접 조명이 유령 같은 분위기와 벽에 붙은 초현실주의의 주제들을 더욱 강조하고 있었다. 홀에는 4인용 테이블들이, 그 안쪽으로는 둥근 플로어가 있었으며, 그 너머로는 석고판으로 만든 오케스트라석이 열대 지방 분위기를 풍기고 있었다.

우리는 플로어 근처의 테이블에 앉았다. 프록코트를 입은 웨이터가 예의 바르고 애매하게 세르히오와 독일어로 이야기를 주고받았다. 분위기는 마약 하기에 적당했지만, 우리는 코냑을 주문했다. 그런 동안 프랑코는 화장실을 찾아 끝에 있는 홀로 갔다. 그가 테이블로 돌아왔을 때, 세르히오는 옆 테이블의 여자와 스윙 음악에 맞춰 춤추고 있었다. 나는 지겨워지기 시작했다.

"화장실에 가 봐." 프랑코가 말했다. "거긴 정말 굉장해."

나는 끝에 있는 홀로 갔다. 'W.C.'라고 쓰인 문이 세 개 있었다. 가운데 문은 큰일을 보기 위한 것으로, 익히 보이리라 예상된 것이 있었다. 그러니까 자물쇠에 택시미터가 달려 있었다. 책상에 자리를 잡고 있던 한 여자가 손님이 나오기를 기다렸다. 택시미터에는 30페니히(100페니히는 1마르크다.)가 찍혀 있었다. 손님이 나와서 책상 위의 접시에 30페니히를 놓고, 여자에게는 팁을 주었다.

테이블로 돌아온 나는 끝에 있는 홀이 오른쪽으로 길게 뻗어 있으면서 『신곡』과 살바도르 달리의 미로처럼 뒤범벅되어 있음을 알았다. 취해서 드러누운 남녀들이 천천히, 그리고 아무런 상상도 없이 단조롭게 사랑의 장면을 연출하고 있었다. 젊은 사람들이었다. 나는 생제르맹데프레 거리에서도 그 비슷한 장면을 본 적이 없었다. 거기에서는 여름이면 실존주의가 관광객들에게 도구처럼 설치된다. 로마의 마르쿠타 거리에 있는 술집들은 그런 장면을 더 확실하게 보여 주지만, 거기처럼 괴롭고 쓰라리지는 않다. 그곳은 매음굴이 아니었다. 매음은 사회주의 국가에서는 금지되어 있으며 심한 처벌을 받는다. 그곳은 국가 시설이었다. 그러나 사회적 관점에서 본다면 매음굴보다 더 심한 곳이었다.

촛대에 꽂힌 촛불이 검은 커튼 사이로 미로의 끝을 밝히고 있었다. 사랑은 개인 전용 바에서 이어지고 있었다.

몇몇 남자들이 혼자 코냑을 마시고 있었다. 다른 사람들은 바에 머리를 기대고 잠을 잤다. 나는 등 없는 의자에 앉아 코냑을 주문했다. 프랑코는 혼자 있는 남자 중 하나가 쥐고 있던 술잔을 바에 내리치는 순간 그곳에 도착했다. 술잔은 산산조각이 났다. 남자는 피가 난 손을 쳐다보지도 않았다. 바를 담당하던 여직원이 화를 내며 과장된 어조로 한참 지껄였지만, 그는 전혀 아랑곳하지 않고 손수건을 꺼내더니 다친 손으로 움켜잡았다. 다른 손으로는 바 위에 지폐 다발을 던졌다. 세지도 않고 말 한마디 없이.

"정말 소름 끼쳐." 프랑코가 중얼거렸다. "저렇게 절망에 빠진 사람들은 처음이야."

나는 섬뜩하다기보다 불쌍하다고 느꼈다. 나는 호텔에 갈 작정으로 댄스 플로어로 돌아갔다. 그러나 세르히오와 춤을 추던 여자아이는 우리 테이블에 혼자 앉아 있었다. 나는 그녀에게 춤을 추자고 했다. 세르히오는 불안한 표정의 금발의 여자와 춤을 추고 있었다. 그보다 훨씬 키가 큰 여자였다. 내 파트너와 몸이 닿자 언짢고 불쾌한 느낌이 들었다. "이 여자애는 뼈가 없어."라고 나는 지나가면서 세르히오에게 말했다. 그는 깔깔대며 웃었다.

"맞아, 정확한 말이야." 그가 말했다. "서커스단 곡예사야."

그가 우리의 대화를 금발의 여자에게 통역해 줬던 모양이다. 그녀 역시 웃은 걸 보면. 그녀의 웃음에서 나는 그녀가 전혀 현학적이지 않으며, 처음 보았을 때 생각했던 것보다 훨씬 젊다는 사실을 알아차렸다. 나는 테이블로 돌아갔다. 프랑코는 프록코트를 입은 웨이터와 대화했다. 그는 곡예사에게 춤을 추자고 했고, 일어나기 전에 웨이터가 알아듣지 못하도록 내게 프랑스어로 말했다.

"이놈은 모든 걸 이야기하고 싶어 해."

그는 이탈리아어를 사용했다. 그의 평정심과 자제심, 그리고 마술사 같은 태도는 내가 남아메리카 콜롬비아의 기자이며, 인민 민주주의의 상황에 관심이 있다고 말하자 씻은 듯이 사라졌다. 그는 자기가 집단 수용소에서 이탈리아어를 배웠다는 말로 시작했다. 그러고서 마분지로 만든 듯한 셔츠 가슴판을 풀었고, 뜬금없이 내게 이렇게 말했다. "이 셔츠를 만져 봐요." 만져 보니 거친 천으로 만들어져 있었다. 그는 내게 계속 말했다. "그래요, 그런데 이 셔츠를 사려면 한 달 치 월급이 필요해요." 해방되어 즐겁

47

고 흐뭇하다는 듯이 그는 자기가 걸치고 있는 모든 것을 일일이 알려 주었다. 마지막에는 신발을 벗어서 발뒤꿈치가 닳은 양말도 보여 주었다.

"맞아요." 나는 말했다. "하지만 먹는 것은 서양보다 훨씬 쌉니다."

그는 어깨를 으쓱하며 "먹는 게 전부는 아니죠."라고 설명했다. 그는 남부 유럽 사람처럼 팔을 활짝 벌리면서 외쳤다.

"집단 수용소에서는 제대로 먹지 못했지만 여기보다 행복했어요."

프랑코는 곡예사를 데려오지 않고 혼자 테이블로 돌아왔다. 음악이 끝나자 세르히오는 우리에게 와서 금발 여자가 우리를 자기 친구의 집으로 초대했으며, 그곳에서 파티를 하면서 끝마치자 했다고 말했다. 그녀의 테이블에는 두 여자와 한 남자가 있었다. 우리는 그곳으로 가니 세르히오가 우선 여자들부터 소개했다. 그러고서 남자를 소개했는데, 그는 마흔다섯 살의 독일인으로 자연스러운 미소 외에는 그다지 특별한 점이 없었다. 그가 바로 볼프 씨였다.

내가 보기에 건전하고 순박한 사람들, 그러니까 나머지 손님과는 아주 다른 사람들이었다. 나이 든 여자는 볼프 씨의 아내였다. 다른 두 여자, 그러니까 금발의 여자와 까무잡잡한 여자는 열일곱 살로, 체육학과 학생들이었다. 그 건전한 가족이 그 쓰레기장 같은 곳에 있게 된 이유는 나중에 알게 되었다. 동독에는 기생 동물, 즉 재산을 몰수당한 사람들이라는 사회적 범주가 있다. 그들은 히틀러시대의 부르주아들로, 그들의 재산은 사전 배상을 통해 국유화되었다. 정부가 그들의 옛 사업장에 제공한 직책을 받아들인 사람은 극소수였다. 그들은 체제가 몰락하기를 기대하면서 임대료로 사는 편을 택했다. 정부는 외국 대표단과 고급 공무원들을 위해 호텔과 술집, 그리고 고급 식당을 설립했는데, 그곳에서는 모든 게 눈이 빠질 정도로 비싸다. 일반 국민이 접근하기에는 너무나 비싼 장소이기 때문에 배상을 받고 재산을 몰수당한 사람들만 드나들 수 있고, 정부는 이런 현상을 매우 흡족하게 여긴다. 그것은 배상한 돈을 회복하는 방법이기 때문이다. 몰수당한 사람들은 그런 곳에 모여 자기들의 애환을 이야기하고, 정부에 대해 두런거리며, 나귀들처럼 가려운 곳을 긁어 주고, 슬픈 왈츠를 추고, 얼음 없이 샴페인을 마시는 대가로 정부에 돈을 돌려준다. 이런 장소 중 하나가 바로 우리가 묵은 호텔이었다.

하지만 배상금은 상속되지 않는다. 몰수당한 사람들에겐 자식들이 있는데, 그 젊은 기생충들은 부모가 살아 있는 동안 돈을 쓰도록 도와준다. 아무런 전망도 없고 무지하며, 인생에서 어떤 기쁨도 느끼지 못하는 세대다. 그들은 원한과 분노의 분위기에서 자라고, 매일 화려했던 과거를 떠올린다. 그리고 슬픈 왈츠를 혐오하고, 샴페인에는 알코올이 너무 적다고 불평한다. 국가는 그들이 사회와 떨어져 지내도록 그런 나이트클럽을 만들었고, 거기서는 화장실에서까지 그들에게 돈을 뽑아낸다. 말하자면 일종의 집단 수용소로, 몰수당한 사람들의 아이들은 그곳에 틀어박혀 산 채로 썩어 간다.

볼프 씨는 그런 계급에 속한다. 젊었을 때 그는 음반 가게를 소유했었다. 또한 전쟁터에서 통신 장교로 일했다. 이제 그는 전기용품 가게에서 일하고, 아내는 여학생 기숙사의 책임자다. 그들은 기숙사 건물에 있는 방 두 개짜리 반지하에 산다. 전기 레인지와 냉장고가 있는 집이지만, 화장실은 없다. 일요일이 되면 볼프 씨는 전형적인 농부처럼 옷을 입고, 경기하듯이 껑충껑충 뛰어 계단을 내려가고, 빨간 무를 재배하러 채소밭으로 간다. 그보다 활달하고 명랑한 그의 아내는 파티를 좋아한다. 매달한 번씩 토요일에 볼프 씨는 그녀를 데리고 춤추러 간다. 기숙사 여학생 중에서 특별한 계획이 없는 아이가 있다면함께 데려간다. 그날 밤에는 그 두 여학생을 데리고 왔다. 새벽까지 열린 곳은 '페미나' 나이트클럽이 유일했기 때문에 그곳으로 오게 된 것이다. 아무도 그곳에서 오염될위험이 있으리라고는 생각하지 않았다.

세르히오는 기자처럼 행세했다. 외국인 학생들은 정부를 혐오하는 사람을 만나기 위해 신분을 숨긴다. 금발여학생이 볼프 씨에게 우리가 모두 외국 기자라고 말하자그는 안심할 수 있다고 느꼈고, 정부를 마음 편하게 비판할 기회라는 냄새를 맡고는 자기 집에서 파티를 끝내자면서 우리를 초대했다.

볼프 씨는 음모자가 아니다. 그는 훌륭한 시민으로, 세상이 어떻게 돌아가는지 알고 있으며 그것을 기분 좋게 해석한다. 첫 번째 코냑 병을 땄을 때부터, 그는 제 나라 상황을 비웃기 시작했다. 그의 아내는 우리에게 치커리 맛이 나는 도저히 마실 수 없는 커피를 만들어 주었다. "나쁜 마음으로 만들었네요."라는 말로 나는 볼프 씨를 자극했다. "미안해요. 하지만 이 쓰레기가 독일에서 구할 수 있는 유일한 겁니다." 그는 대답하면서 배꼽을 잡고 웃었다. 나는 그 말이 사실임을 알고 있었다. 라이프치히에 도착한 이후, 우리는 이미 커피를 포기했다.

라디오는 춤추기 좋은 흥겨운 음악을 내보냈고, 서너 곡이 끝날 때마다 정부 뉴스를 전했다. 볼프 씨는 뉴스가 나오는 동안엔 라디오를 껐다. 그는 "더럽고 역겨운 정치에 대해서만 말하거든요."라고 했고, 세르히오는 우리에게 체제 선전이라면서 그의 말을 확인시켜 주었다. 새벽 3시에 마지막 뉴스가 방송되었고, 방송국은 국가를 틀며 하루 방송을 마쳤다. 그러자 나는 외국 방송을 찾아서 계속 춤을 추자고 제안했다. 볼프 씨는 환한 표정을 지으며 행복해했다. 외국 방송에 주파수를 맞추었지만, 마치 도널드 덕이 대화하듯이 날카롭고 끊어지는 소음만 들렸다. 외국 방송은 전파 방해를 받고 있었다.

볼프 씨가 체제를 혐오하는 것은 이해 못 할 일이 아니었다. 하지만 두 여자아이가 걱정되었다. 국가에서 월급 받고 확실한 미래를 약속받아서 다른 일은 일절 모르던 여학생들이 볼프 씨처럼 강경하고 완고했던 것이다. 그들은 자기 옷이 형편없다면서 창피해했고, 전 세계의 소설을 읽고 나일론이 대중적 산물이 된 파리에 대해 알고 싶어 했다. 프랑코는 그건 사실이라고 말했지만, 자본주의 국가에서는 학생들이 월급을 받지 않는다는 사실을 떠올려 주었다. 그러나 그들은 개의치 않았다. 그 여학생들, 그리고 우리가 만난 학생 대부분, 심지어 마르크스-레닌 대학의 마르크시즘 학생들조차 비슷한 대답을 했다.

"아무것도 안 줘도 괜찮아요. 하지만 우리가 하고 싶은 말은 하게 해 줬으면 좋겠어요." 이런 만장일치의 반란에 놀라서 나는 최근 선거에서 정부에 우호적으로 투표한 사람이 92퍼센트였다는 사실을 떠올렸다. 볼프 씨는 배꼽을 잡고 웃었고, 가슴을 손으로 마구 치면서 이렇게 밝혔다.

"나도 정부에 찬성한다고 투표했어요."

그건 자유 선거로 치러졌다. 그러나 블록마다 각 동네

투표자 명단을 가진 선거 감독관이 있었다. 볼프 씨는 아침 10시에 내려가서 투표했다. "그러지 않았다면, 어쨌든 경찰이 오후 3시에 찾아와서 내게 시민의 의무를 상기시켜주었을 겁니다."라고 설명했다. 비밀 선거였지만, 볼프 씨는 정부에 찬성표를 던지면서, 혹시 생길지도 모르는 문제를 피했다. 나는 세르히오에게 큰 소리로 말했다.

"볼프 씨에게 내가 그를 겁쟁이라고 여긴다고 전해 줘요."

볼프 씨는 웃었다. "모든 외국인이 그렇게 말하죠. 난 그들을 선거일에 여기서 보고 싶어요."라고 대답했다. 아마 콜롬비아 사람만큼 그런 현실을 더 잘 이해하는 사람은 없을 것이다. 동독의 공공질서는 정치 탄압 시절의 콜롬비아와 매우 흡사하다. 국민은 경찰을 두려워한다. 프랑코는 바이마르에서 우리와 함께 가던 두 여학생이 우리가 가는 곳이 어디 있는지 물어보라고 경찰 앞에 차를 세웠다. 하지만 그들은 거부했다. 누구에게든 가리지 않고 물어볼 수 있지만, 경찰에게만은 묻고 싶지 않았던 것이다.

날이 밝을 무렵 우리는 모두 얼근하게 취해 있었고, 볼프 씨는 자기가 얼마나 큰 소리로 떠드는지 개의치 않왔다. 그때 초인종이 울렸다. 극적인 순간이었다. 볼프 씨의 얼굴에 처음으로 심각한 표정이 떠올랐다. 그는 조용히 하라고 지시하면서 중얼거렸다. "경찰이에요!" 두 여학생은 급히 침실로 뛰어갔다. 우리는 스웨덴 사람들이 그러듯이 입을 꾹 다물었다. 그러는 사이 볼프 씨의 아내가 문을 열어 주러 나갔다. 초인종을 누른 사람은 관영 신문사 지국 직원으로, 그날 조간신문을 가져와서 그달의 구독비를 지급해 달라고 했다. 신문 구독은 의무가 아니지만, 그 직원은 매달 초인종을 눌러서 예의 바르게 신문 구독을 갱신할지 묻는다. 하지만 아무도 안 하겠다고는 말하지 않는다. 아직도 두려움과 공포의 기색이 완연한 볼프 씨의 부인은 신문을 테이블 위에 던지더니, 구독한 지이 년이 되었지만, 머리기사도 읽은 적이 없다고 털어놓았다.

그날 아침 기차역 식당에서 아침을 먹으면서, 프랑코는 세르히오와 가벼운 말다툼을 했다. 프랑코가 볼프 씨에게 정면으로 맞서지 않았다면서 그를 나무란 것이었다. 세르히오는 공산주의자였다. 프랑코는 학생들이 반란 분자들에 맞서 강력한 태도를 보여야 한다고 주장했다. 완전히 차분하게, 그리고 진심으로 슬프고 괴롭다는 말투로 세르히오가 말했다.

"볼프 씨가 말한 게 모두 사실이거든요."

세르히오만이 아니라 상당수 대학생의 의견도 같다. 그들은 동독에는 사회주의가 없다고 말한다. 여기에 존재하는 건 프롤레타리아 독재가 아니라 공산주의 그룹의 독재인데, 이 그룹은 국가의 특수한 상황을 염두에 두지 않고 소련의 경험을 글자 그대로 충실히 따르려고 애썼다. 히틀러는 훌륭한 공산주의자들을 제거했다. 살아남은 훌륭한 공산주의자들은 현재 정부의 실수를 제때 보았고, 결국 지배 그룹에게 제거당했다. 마르크스주의자 청년들은 현실이 공산주의 신념과 부합하지 않는다고 확신하지만, 그걸 수정하는 위험은 감수하지 않는다.

노동자들은 잘살지만, 정치의식이 없다. 절대적으로 정부에게 경의를 표하지만, 정부가 프롤레타리아가 권력을 잡고 있다고 말하는데도 왜 고작 옷 한 벌 살 정도의 월급을 받으려고 죽도록 일해야 하는지 이해하지 못한다. 반면 수탈당하는 서독 노동자들은 그들보다 편하게 살고, 좋은 옷을 입으며, 파업권도 갖고 있다. 동독 민중은 미래의 세대들이 더 잘 살도록 짐을 떠맡으려 하지 않는다. 아무도 열심히 일하지 않는다. 봉제업은 경쟁이라는 자극제 없이 허수아비가 입는 끔찍한 옷만 생산한다. 주인이 없으니 해고할 사람도 없기에, 그리고 신발 없는 사회주의가 무엇인지 이해하지도 못하기에, 민중들에게 봉사해야 하는 책임자들은 팔짱을 끼고 아무 일도 하지 않는다. 그런 동안 손님들은 기다리고, 일요일 오후 내내 줄을 서고서 겨우 레모네이드 한 잔을 마실 뿐인데도 개의치 않는다. 관공서부터 식당 조리실까지 관료주의라는 복잡한 문제가 있고, 그걸 풀 길은 인민 체제밖에 없다.

합법적인 무기는 아마도 파업이 될 수 있을 것이다. 그러나 파업권은 존재하지 않는다. 체제가 독단적이기 때문이다. 그들은 프롤레타리아가 권력을 잡고 있는데 프롤레타리아가 자기 자신과 맞서 파업을 하며 시위하는 건 어불성설이라고 말한다. 하지만 그건 궤변이다. 마르크스주의자 학생들은 우리에게 이렇게 말했다. "동독에서는 혁명이 일어난 적이 없다. 그것을 가방에 넣어 소련에서 가져와 민중을 고려하지 않고 이식한 것이다."

동독 민중은 중공업 발전에는 관심이 없다. 그들은 아

침 식사에 달걀 프라이가 있다는 사실을 전혀 중요하게 생각하지 않는다. 그들이 보는 유일하게 새로운 것은 독일이 두 개로 나뉘어 있고, 기관총을 든 소련 병사들이 있다는 사실이다. 서독 주민들도 정확하게 똑같은 것을 본다. 그것은 분단된 국가와 최신 모델의 자동차를 탄 미국인 병사들이다. 두 독일 모두 항의하지 않는다. 자신들이 전쟁에서 졌고 지금은 현실을 모르는 체하기 때문이다. 그러나 모두가 사회주의나 자본주의에 대해 말하기 전에, 자기들이 원하는 것은 말하지 않아도 잘 알고 있다. 그건 바로 독일의 통일이고 외국 군대의 철수다.

나는 이런 모든 것의 저변에 섬세한 인간적 감정이 완전히 상실돼 있다고 생각한다. 집단만 걱정하느라 개인을 보지 못하기 때문이다. 이런 일들은 독일인과 관련해 유효하다. 그리고 또한 소련 병사들에게도 유효하다. 바이마르에서 사람들은 기관총을 든 소련 군인이 기차역의 질서를 유지하는 상황을 수용하지 않지만, 아무도 그 불쌍한 병사는 생각하지 않는다. 우리는 바이마르의 군부대에서 하룻밤을 보냈는데, 거기선 군악대의 음악이 흘러나왔다. 소련 장교 전용 클럽에서 파티가 열리고 있었다. 그들은 손짓으로 우리를 초대했고, 그 안은 따뜻하고 건전하며 꽤 즐거운 분위기였다. 댄스 플로어는 잘 빚은 진흙으로 만들어져 있었고, 소련 고위층의 커다란 컬러 사진으로 둘러싸여 있었다. 군악대는 아주 오래된 곡을 연주하기 시작했는데 찰스턴 사교춤곡과 아주 흡사했고, 장교들은 아내들과 함께 빠르게 발을 놀리면서 춤을 추었다. 그들 중 한 사람이 훈장의 무게를 힘겨워하면서 자클린에게 춤을 신청했다. 우크라이나 농부처럼 차려입은 나이 지긋한 여자 개신교도가 프랑코에게 다가갔고, 손가락 끝으로 커다란 치맛자락의 주름을 잡고 우아하게 인사하면서 그에게 춤을 추자고 했다. 나는 다른 장교의 아내에게 똑같이 했다. 플로어에는 격정적인, 하지만 너무나 건전한 열정이 흘렀고, 우리는 억지로 그런 분위기를 소화하려고 애썼다.

그렇게 고향 땅을 향수에 젖어 떠올리는 분위기 속에서, 두 병사가 함께 춤을 추었다. 고지식하게 술에 취해 반쯤 잠든 상태로.

내가 파트너를 앉히려고 갔을 때, 세르히오는 한 장교와 이야기를 나누고 있었다. 독일어를 약간 아는 사람이었다. 우리가 모스크바에 간다고 하자, 그는 부럽다고 말했다. 그가 그 소식을 러시아어로 통역했던 것 같다. 한 무리의 장교들이 아내들과 함께 우리에게 다가와서 소비에트 연방으로 여행하는 특권을 지닌 사람들을 가까이에서 보려고 했던 것이다. 그들은 독일어를 말하는 장교를 통해 세르히오와 계속 대화를 나눴다. 몇몇은 자기가 이 년이나 일하면서 독일을 벗어나려 애썼다고 말했다. 그들은 독일에서 아무것도 하는 일 없이 기생충처럼 살았고, 러시아 풍경 사진에 둘러싸여 조국으로 돌아갈 순간만을 그리워했다.

대화는 통역할 사람을 찾던 자클린 때문에 끊겼다. 그녀는 춤추는 동안 자기 파트너였던 장교가 무슨 말을 하려고 했는지 알고 싶어 했다. 귀까지 새빨개져서 러시아어로 그 말을 반복했다. 독일어를 아는 장교가 세르히오에게 통역해 주었고, 세르히오는 스페인어로 그 말을 반복했으며, 프랑코는 그 말을 프랑스어로 자클린에게 전해 주었다. 모두가 깔깔거리고 웃었다. 그것은 사랑 고백이었다. 그곳에 모인 사람들이 모두 그 말을 이해했다는 사실을 알자, 그 장교는 어린아이처럼 펄쩍펄쩍 뛰면서 배꼽을 잡고 웃었다. 코가 토마토처럼 빨개져서 그가 큰 소리로 말했다.

"내 아내가 알면 날 죽이고 말 거예요. 제발 내 아내가 모르게 해 주세요."

이런 사람들이 소련 군인이다. 그들은 그 나라에서 죽을 정도로 지루해한다. 그들은 그 나라의 언어도 모르고, 자기들이 미움의 대상임을 안다. 그들은 철근 콘크리트 같은 얼굴로 나타나는데, 그건 정말 인상적이다. 그렇지만 얼마 안 되어 사람들은 이렇게나 강인한 면모가 순전히 소심함 때문이라는 것을 깨닫게 된다. 특히 병사들은 거칠고 야만스러우며 몸매가 근사한데, 마치 소련의 머나먼 변방 마을에서 온 사람들 같다. 그런데 그건 거짓이 아니다. 그들은 베를린으로 들어와서 세면대를 박살 냈는데, 그것을 전쟁 도구로 여겼기 때문이다. 이들 중 몇몇은 아내 없이 아직 독일에 있으면서, 남자들끼리 술에 취하고 클럽에서 남자끼리 껴안고 춤춘다. 소비에트 연방에서는 남자들끼리 춤을 추기도 한다고 한다. 그러나 동독에서 그 필요는 환경 때문에 어쩔 수 없이 생겨난 것이다.

우리는 남자들끼리 짝을 이룬 사람들을 보았다. 그들

은 영화를 보고 나서 가게 유리 진열장을 보러 발길을 멈추는 여자아이들 주변을 배회한다. 군침을 질질 흘리지만, 감히 접근은 하지 못한다. 여자아이들이 손에 돌을 두 개씩 들고서 그들을 맞이하리라는 사실을 잘 알기 때문이다. 심지어 비밀리에 활동하는 얼마 안 되는 창녀들도 고발당할지 모른다는 두려움 때문에 그들을 회피한다. 일 년 전에 바이마르에서 그런 병사들 중 두 사람이 더는 참지 못했다. 그들은 술을 마시고 남자들만 모이는 파티에서 밤새 춤을 추고서 거리로 나갔고, 그곳에서 가장 먼저 눈에 띈 여자를 강간했다. 그 숙취로 그들은 엄청난 대가를 치러야 했다. 군인들에게 일벌백계가 되도록, 동료들이 보는 앞에서 총살을 당했던 것이다.

체코 여자에게
나일론 스타킹은
보석과도 같다

—————————

이 년 전에 나는 언론 기관 특파원으로 모스크바를 방문하기 위해 로마에 있는 소련 대사관에 비자를 신청했다. 네 번을 계속 찾아가서는 서로 다른 네 명의 관리가 만든 똑같은 설문지에 네 번을 답했다. 마지막으로 그들은 아직 본국의 승인이 떨어지지 않았다면서, 그 결과를 우편으로 보내 주겠다고 약속했다. 파리에서는 그보다 더 짧게 걸렸고, 더 분명했다. 그르넬 거리에 있는 복잡한 건물에서 나는 레닌의 석판 인쇄 초상화들로 장식된 세 개의 방을 지났고, 첫 번째 방에서 나를 맞이했던 바로 그 관리가 마지막 방에서 거의 알아들을 수 없는 프랑스어로 내게 대답했다. 소비에트 연방 기관의 초청 없이는 비자를 신청해도 소용없다는 말이었다.

올해는 상황이 달랐다. 파리에서는 단체 관광이 조직되고, 십오 일 동안 빽빽한 일정으로 발트해의 항구들과 흑해를 방문한다. 그건 정직한 기자에게는 위험한 여행이다. 피상적이고 성급하며 파편적으로 판단할 가능성이 크고, 독자들은 그것을 최종 결론으로 여길 위험이 다분하기 때문이다.

베를린에 있을 때 모스크바에서 열린 제6회 세계청년학생축전에 참가할 기회가 있었다. 나는 그것이 단체 관광보다 더 좋지 않다고 생각했다. 인원이 500명이 아닌 4만 명*이 될 것이기 때문이었다. 소비에트 연방은 전 세계 대표단을 영접하기 위해 이 년을 준비했고, 그로 인해 소비에트의 현실 대신 외국인들을 위해 제작된 현실과 마주치게 될 거라고 생각한 이유였다. 그건 충분히 이해할 수 있는 일이다. 사회주의 국가들은 축전에 참여할 대부분이 공산주의자가 아니며, 결점을 찾아낼 준비를 한 채로 올 테고, 그들의 경험을 올바르게 해석할 정도로 교육

---

* 1957년 소비에트 연방에서 소련 공산당이 개최한 제6차 모스크바 축전은 3만 4000명이 참가해 가장 큰 규모로 성황리에 개최되었다.

을 충분히 받지 못했다는 사실을 알고 있었다. 그뿐 아니라, 모스크바 축전에 가능한 한 적은 수의 공산주의자들을 파견하라고 구체적으로 요구했다. 이 년 전에 로마에서 바르샤바 축전*에 참석했던 어느 이탈리아 여자를 만났는데, 그녀는 내게 이렇게 말했다. "폴란드인들의 잔머리는 한계를 뛰어넘어요. 우리가 폴란드에 종교의 자유가 있다고 믿도록 교회를 열었고, 사방에 신부로 변장한 공무원들을 배치했어요." 사실대로 말하자면, 바르샤바 복구는 가톨릭교회에서 시작했고, 정치에 참여하지 않는 사제들은 절대적인 자유를 누린다. 가장 정직한 자본주의자들은 재건을 위한 국가적 노력을 과소평가하며, 바르샤바에는 자동차가 없고, 사람들은 형편없는 옷을 입고 다니며, 승강기는 두 개의 층 사이에서 움직이지 않는다는 사실을 아는 걸로 만족해한다. 폴란드의 대주교인 스테판 비신스키**가 투옥되자, 바르샤바에서는 모든 사람이 수

---

* 1955년에 열렸으며, 114개 국에서 3만 명이 참가했다.

** Stefan Wyszyński(1901~1981). 폴란드 가톨릭교회의 고위 성직자. 1953년에 추기경으로 서임되었다. 폴란드와 교회의 자유와 독립을 위해 나치주의와 공산주의에 맞서 싸운 공로로 오늘날 교황 요한 바오로 2세와 더불

군거렸다. 반면에 아무도, 심지어 공산당 대표단조차도 브와디스와프 고무우카* 또한 투옥되었다는 사실은 주의 깊게 보지 않았다. 이 공산당 지도자는 축전이 개최되고 일 년이 지난 후 민중의 요구로 석방되어 폴란드의 운명을 책임지게 되었다.

몇몇 서양 정부는 보름간의 축제를 이용해 첩자를 침투시키고 정확한 지침을 하달했다. 모스크바에서는 소비에트 연방을 반대하는 구호가 적힌 영어 인쇄물이 유통되기도 했다. 똑같은 일이 이전 축제에서도 일어났다. 이런 일이 일어난다는 사실을 알면서도 사회주의 국가들은 그런 일이 벌어지도록 의도적으로 조정하고, 각국 대표단이 체류하는 보름간 수많은 사람이 운집한 일요일에 교황의 옷을 입은 나라를 보게 한다. 나는 머리를 빗고 방문단을 맞이하는 소비에트 연방을 보고 싶지 않았다. 여자들과 마찬가지로 연방의 각 나라도 방금 일어난 상태로 알아야만

어 폴란드의 국민적 영웅으로 추앙받고 있다.

* Władysław Gomułka(1905~1982). 폴란드의 노동 운동가이며 혁명가이자 공산주의 정치인. 1956년부터 1970년까지 제3대 폴란드 연합노동자당 서기장을 지냈다.

한다.

프랑코는 나와 의견이 달랐다. 그는 피상적인 의견과 관련해서는 대표단도 일부 책임이 있다고 생각했고, 나는 이제 그의 말이 옳았음을 깨닫는다. 축전이라는 것이 무엇인지 알아야만, 한 도시에 이 주나 있으면서 그곳을 모를 수 있다는 사실을 이해할 수 있다. 모스크바에서는 매일 네 편씩 영화를 상영하는 영화제가 열렸다. 동시에 세계 연극제와 몇몇 스포츠 종목의 세계 선수권 대회가 개최되었고, 또한 미술, 사진, 민속 예술, 전 세계의 전통 의상 전시회 325개가 열렸다. 매일 여섯 개의 공연이 펼쳐진 음악과 춤 경연 대회를 비롯해, 건축과 미술, 영화, 문학, 의학, 철학과 전자 산업 세미나가 동시에 개최되었다. 그리고 전 세계의 전문가들이 참여한 가운데 수많은 주제가 다뤄지는 강연회도 열렸다. 각각의 중요한 소비에트 연방 기관들은 모든 대표단의 초청객 환영 행사를 조직했다. 그렇게 382개의 모든 대표단은 다른 대표단을 환영 행사에 초대했다. 프랑스 대표단만 해도 문화와 체육과 과학 대표단원을 제외하고서도 거의 3000명에 달했다. 가장 행사가 뜸한 시각에도 중국 서커스, 파블로 네루다 방문, 크렘린궁 관람, 일본 주방 전시회, 집단 농장 초청, 체코 인형극, 인도 발레 공연, 헝가리와 이탈리아의 친선 축구 경기, 스웨덴 대표단과의 개별적 만남 중에서 하나를 선택해야 했다. 보름이라는 짧은 기간에, 그리고 어디를 가든 한 시간 이상이 걸리는 교통지옥의 도시에 그 모든 행사가 조직돼 있었다. 솔직하게 말해, 나는 러시아 사람을 한 명도 만나 볼 시간이 없었던 대표단 단원도 있었을 거라고 믿는다.

프랑코는 그런 혼란을 이용할 수 있으리라 생각했다. 그러려면 모든 행사에 관심을 끊고 거리로 나가 소비에트 연방 각지에서 온 사람들과 대화해야만 했다. 지구상의 다른 지역과 완전히 관계를 끊은 지 사십 년이 넘자, 소비에트 연방 사람들은 외국인과 말하고 싶어 안달이 나 있었다. 축전에 참여할지, 아니면 소비에트 연방의 현실에 상당히 근접한 견해를 가질 기회를 찾아 나설지 선택해야 했다. 우리는 축전을 포기했다.

소비에트 연방의 비자를 받는 데 육 년이라는 집요한 세월이 걸렸다. 반면에 폴란드 비자는 십여 분 만에 나왔고, 단 한마디도 말할 필요가 없었다. 나는 국제 영화제에

22명의 대표단과 편안하게 섞여 옵서버 자격을 인정받는 데 성공했었다. 승인 서한은 폴란드어로 적혀 있었고, 그래서 나는 사진 두 장을 가지고 폴란드 영사관에 가서 관리인 책상 위에 초청장을 올려놓았다. 사무실 문틈으로 영사가 바르샤바와 전화 통화를 하면서 내 이름을 멋대로 발음하는 소리가 들렸다. 십오 분 후 나는 폴란드 비자를 받아 주머니에 넣었다.

이미 휴가가 끝난 자클린은 파리로 돌아갔다. 프랑코는 베를린의 주차장에 차를 맡겼고, 우리는 기차를 타고 프라하로 여행을 계속했다. 그곳까지 가는 데 열다섯 시간이 걸렸지만, 그중 네 시간은 국경에서 보냈고, 텅 빈 기차 안에서 엄격한 심사를 받았다. 마지막 독일 마을에서는 두 시간을 머물렀지만, 세관 검사는 오 분도 걸리지 않았다. 해가 질 무렵 기차는 움직였다. 그리고 천천히, 사람이 행진할 때보다도 더 느린 속도로 역을 출발했고, 그렇게 독일어 간판이 달린 마을을 통과했다. 마을 반대편 끝에 이르자 기차는 철교 앞에서 멈추었고, 거기에는 체코어로 쓴 간판들이 있었다. 붉은 배경 색의 천에 붓으로 쓴 것들이었다. 철교 위에는 소형 기관총을 든 대여섯 명의 군인이 있었다. 기차가 다시 움직이자, 군인들은 객차 차축에 숨은 사람이 없는지 확인했다. 그러고는 기차 양쪽으로 나뉘어 늘어서서 객차를 호위해 정상 속도로 걷더니 수풀로 위장된 오솔길로 들어갔다. 1킬로미터를 가자, 첫 번째 기차역이 나타났다. 거기서 우리는 다시 두 시간을 기다렸다.

유일하게 주목할 만한 사실은 확성기의 음악과 철도 회사 제복을 입은 여자들이었다. 바지를 입은 여자를 보는 건 그리 특이한 일이 아니다. 그러나 제복 전체를 입은, 즉, 남성 셔츠와 넥타이와 신발을 신고 올린 머리카락을 모자로 가린 여자들을 보는 건 다소 느낌이 이상했다. 나중에 나는 체코의 모든 기차역 업무는 그렇게 입은 여자들이 담당한다는 사실을 알게 되었다. 더웠다. 나는 직업적 본능으로 유럽의 풍경에서 콜롬비아의 내 고향 풍경과 흡사한 점을 발견한다. 그래서 아무도 없는 황량하고 뜨거운 역과 색색의 병에 음료수를 담은 수레 앞에서 잠든 사람의 모습이 산타마르타* 근방에 있는 바나나 지역

---

* 콜롬비아의 카리브 해안에 있는 도시.

의 먼지 풀풀 이는 기차역의 모습과 똑같다고 생각했다. 그런 인상은 음반의 음악으로 더욱 굳어졌다. 로스 판초스의 볼레로, 맘보와 멕시코의 민속 음악인 코리도가 흘러나왔기 때문이다. '배신(Pefidia)'이라는 제목의 볼레로 노래는 여러 번 반복되었다. 그곳에 도착하고 얼마 지나지 않아 「미겔 카날레스」가 흘러나왔다. 라파엘 에스칼로나*가 아주 훌륭하게 부른 노래인데, 나는 알지 못하는 곡이었다. 나는 내려서 음반을 보려고 했지만, 객차가 잠겨 있어 열지 못했다. 철도 회사 여직원이 손짓으로 여권 검사가 끝나지 않으면 내릴 수 없다고 알려주었다.

세관 관리는 모두 두 명으로, 정중하고 예의 바른 젊은이들이었다. 미국 군인의 옷처럼 가볍고 편안한 여름 제복을 말끔하게 입고 있었다. 그중 한 사람이 프랑스어를 할 줄 알았다. 그는 우리에게 체코 비자를 요구했다. 나는 비자가 없다고 말했지만, 그 관리는 별로 놀라는 기색이 아니었다. 그는 자기 동료에게 상황을 설명하고 여권

* Rafael Escalona(1927~2009). 콜롬비아의 작곡가이자 가수. 음유시 비슷한 바예나토 음악의 대가로 알려져 있으며, 가르시아 마르케스가 아주 좋아하는 음악가이다.

을 가져갔다. 나중에 돌아와서는 우리에게 프라하와 통화 중이라고 말해 주었다. 반 시간이 지난 후, 우리는 체코슬로바키아에 보름간 체류할 수 있는 통과 비자를 받았다.

그 간소한 절차는 동독의 관료주의와 대조되었다. 그런 다음 또 다른 대조점을 발견했다. 음료수와 훌륭한 체코 맥주를 종이컵에 담아 팔았는데, 거기에는 이런 안내문이 적혀 있었다. "사용 후 이 컵을 파기하십시오." 이런 위생적인 예방 조치는 곳곳에서 발견되었다. 식당은 깨끗하고 밝으며 효율적이고, 화장실은 서유럽의 그 어느 국가의 것보다도 훌륭했다. 당연히 파리의 화장실보다 훨씬 좋았다.

검사가 끝나자 어느 곳에선가 문 하나가 열린 것 같았다. 수많은 사람이 지하도에서 나와 서로 밀치면서 기차에 올라탔기 때문이다. 남자들은 품질이 좋은 옷을 입고 있었고, 여자는 대부분 남자 바지, 그러니까 앞부분의 오른쪽에 단추가 있는 남성용으로 제작된 바지를 입고 있었다. 특히 아이들은 세련되게 신경 쓴 차림이었다. 가방과 꾸러미를 든 군인들은 아내와 아이들과 같이 있었고, 다른 많은 승객과 별반 다른 점이 없었다.

잠시 후 기차가 기계화된 농업 지역으로 미끄러지듯이 달렸다. 땅은 한 뼘도 남기지 않고 모두 이용되고 있었다. 사방으로 수력 공학을 이용해 이미 만들어졌거나 공사 중인 거대한 작품들이 보였다. 프라하 근처에서 경작지는 산업 단지로 대체되었다. 첫날 밤에 우리는 끝없이 긴 기차가 새 버스와 사용하지 않는 농기계를 싣고 지나가는 모습을 보았다. 마흔 살쯤 된 어느 체코 사람의 무릎에는 트렌치코트를 입은 여자아이가 잠들어 있었다. 그는 우리가 색유리의 차창을 내리려고 안간힘을 쓰는 모습을 지켜보더니, 프랑코에게 프랑스어로 알려 주었다.

"앞으로 밀어요."

우리의 여행 동료인 그 사람은 버스와 농기계가 오스트리아로 수출하는 물품이라고 설명했다. 그러면서 체코슬로바키아는 서양의 많은 나라와 사회주의의 모든 국가로, 심지어 소비에트 연방에도 기계류를 공급한다고 알려 주었다. 그는 무역상으로, 프랑스에서 돌아오는 길이며, 그해에만 벌써 네 번째 외국 출장을 다녀왔다고 했다. 그러면서 자기는 공산주의자가 아니며 정치에는 관심이 없지만, 체코슬로바키아가 편안하다고 밝혔다. 미국에서 일

확천금을 벌겠다는 유혹 따위에는 관심이 없었다. 그의 여권에는 제한 사항이 한 가지 적혀 있었다. 무역과 관계된 출장이나 여행에만 사용할 수 있다는 것이었다. 이번에는 정부의 허락을 받아 열두 살 된 딸을 데려가서 파리를 보여 주었다. 몇 주 후 프랑스로 돌아가는 여행에서도 나는 휴가를 보내러 가는 다른 체코 가족을 기차에서 만났다. 어느 프랑스 사람이 비밀 하나를 말해 주었다. 파리에는 체코 돈을 공식 환율보다 세 배나 더 주는 곳이 있다는 말이었다. 그러나 그 체코 사람은 그 제안을 거부하면서 이렇게 말했다.

"그건 우리 경제에 해가 됩니다."

동독의 몇몇 전문 직업인과는 상반된 특별한 태도였다. 그 나라의 연극 연출가들과 의사들은 월급을 엄청나게 받는다. 국가는 그들을 교육하고 전문인으로 양성한다. 그러고서 아주 많은 돈을 지급하는데, 그래야만 서양으로 이주하지 않기 때문이다. 나는 자신의 운명에 상당한 불만을 가진 체코인을 한 명도 만나지 못했다. 학생들만이 외국 문학과 언론에 불필요한 통제가 가해지고, 외국 여행에 어려움이 있다면서 불만을 표했다.

우리가 라이프치히에 도착한 날 밤에 프랑코는 우리가 그곳에서 받은 첫인상이 겉모습 때문이라고, 그러니까 슬픈 조명과 이슬비 때문이라고 생각했다. 우리는 프라하에 밤 11시에 도착했고, 마찬가지로 이슬비가 내렸다. 그렇지만 생동감 있고 밝으며 명랑한 도시를 보았고, 그것은 우리가 열두 시간 후에, 즉 여름의 화사한 아침에 본 도시의 모습과 똑같았다. 기차역에 있는 외국인 관광 안내소는 우리를 프라하에서 가장 좋은 팰리스 호텔로 보냈다. 그곳에서는 우리에게 두 종류의 환율이 있다고 알려 주었다. 하나는 정상적인 공식 환율로 달러당 약 4코루나였고, 다른 환율은 관광 환율로 두 배였다. 차이가 있다면 관광 환율로 바꾼 돈의 60퍼센트는 사용권으로만 지급하는데, 그건 호텔에서만 사용할 수 있었다. 계산해 보니 4달러만 지급하면 세 끼 식사를 포함해 화장실과 전화기가 있는 방을 빌릴 수 있었다. 저녁 식사에는 아주 훌륭한 프랑스 포도주가 나왔는데, 파리의 싸구려 식당에서도 그 가격으로는 마실 수 없다.

한밤중에 우리는 도시 중심가를 돌아다녔다. 바츨라프 거리의 카페에서는 한 줄기 음악이 극장과 영화관에서 나오는 군중들의 두런거림과 뒤섞였다. 나무 아래의 야외 테라스에서 맥주를 마시면서, 한 편의 영화나 연극 공연을 보고 나온 그 많은 사람은 스페인을 생각하고 있었다. 최근 시즌에 좌석이 매진된 공연과 영화는 가르시아 로르카*의 희곡을 바탕으로 한 「마리아나 피네다」와 후안 안토니오 바르뎀** 감독의 「어느 사이클 선수의 죽음」이라는 영화였다.

영화관에서 나온 한 무리의 사람이 같은 건물에 있는 나이트클럽으로 들어갔다. 우리는 가격을 알아보았다. 입장료는 5코루나였고 맥주는 4코루나였다. 그곳은 국제적 성격의 나이트클럽 중 하나로, 여름이 되면 유럽에서는 엄청난 가격을 받는 곳이었다. 대형 화면에 목과 어깨가 깊이 팬 옷을 입은 여가수가 체코어 가사로 「시보네이(Siboney)」를 부르고 있었다.

---

* 페데리코 가르시아 로르카(Federico García Lorca, 1899~1936). 스페인의 시인이자 극작가. 대표작으로 「피의 결혼식」, 「베르나르다 알바의 집」 등이 있다.

** Juan Antonio Bardem(1922~2002). 스페인 영화감독이자 스페인 공산당 당원.

우리는 맥주를 주문했다. 나는 천천히 맥주를 마시면서 우리가 자본주의 도시에 있지 않다고 생각할 만한 무언가를 찾아내려고 애썼다. 프랑코는 옆 테이블의 여자에게 춤추자고 신청했다. 화요일이었다. 손님들은 똑같은 상황이라면 이탈리아에서 사람들이 입었을 법한 근사한 차림은 아니었다. 오히려 콜롬비아 중산층이 토요일에 춤출 때처럼 입고 있었다. 노래가 끝나고 잠깐 쉬는 시간이 되자, 프랑코가 내게 자기 파트너를 소개했다. 그들은 영어로 얘기하고 있었다. 우리는 그녀에게 앉으라고 권했다. 그녀는 옆 테이블로 가서 함께 온 동료들의 동의를 받았고, 자기 맥주잔을 들고 우리 테이블로 돌아왔다. 나는 프랑코에게 말했다.

"두 체제의 차이를 보여 주는 징후를 하나도 못 찾았어."

그는 내게 그 차이를 깨닫게 해 주었다. 바로 가격이었다. 내가 춤추러 나가자 그가 말했다. "여가수를 주의 깊게 봐." 춤을 추면서 보니 그녀는 은색을 입힌 금발이었고, 하이힐을 신었는데도 키가 아주 작았으며, 짙은 남색 옷을 입고 있었다. 나는 특별한 점을 발견하지 못했다. 프랑코는 계속 고집했다.

"발끝을 잘 봐."

내가 봐야 할 건 바로 거기에 있었다. 발가락 부분이 해진 나일론 스타킹이었다. 나는, 체제의 문제를 찾기 위해 머리카락 한 올을 네 조각으로 나눌 정도로 세밀하게 들여다볼 수는 없다고 투덜댔다. 파리에는 수많은 남자와 여자가 신문을 덮고 보도에서 잠을 잔다. 심지어 겨울에도 그러지만, 혁명은 일어나지 않았다. 그러나 프랑코는 그게 중요한 평가 요인이 될 수 있다고 주장했다. "세세한 걸 평가할 줄 알아야 해. 자기 운명에 신경 쓰는 여자에게 해진 스타킹은 국가적 재앙이야." 그는 자기 맥주를 모두 마시고서 플로어로 돌아갔다.

그는 테이블로 돌아오지 않고 연속으로 두 곡을 추었다. 춤추는 태도로 보아 파트너와 아주 잘 통하는 것 같았다. 그의 파트너는 아주 날씬하고 아주 세련되었으며, 유머 감각이 뛰어난 여자였다. 두 사람은 한참 동안 모습을 감추었다. 테이블로 돌아왔을 때, 나는 그들이 바에서 술을 마셨다는 걸 알았다. 프랑코가 상당히 취해 있었기 때문이다. 그는 맥주를 한 잔 더 마셨다. 그러고는 술에 취해 부드러운 목소리로 자기 파트너에게 귀엣말로 호텔로 함께 가자고 제안했다. 그녀는 웃었고, 사랑스러운 프랑코의 말을 고쳐 주면서 그의 귀에 대고 속삭였다.

"옆 테이블로 가서 내 남편에게 허락해 달라고 하세요."

그러자 분위기가 완전히 김이 빠졌다. 나중에 두 그룹은 합석했다. 여자는 그 일화를 이야기했고, 모두 깔깔대며 웃었다. 프랑코는 술에서 깼지만, 그 여자의 남편이 난처한 상황을 피하게 해 주었다. 그는 구도심의 성에서 해가 밝아오는 걸 보러 가자고 제안했다. 그리고 폴란드 보드카 두 병을 샀고, 새벽 3시에 우리는 돌로 포장된 골목길을 오르면서 멕시코 코리도를 불렀다. 그런데 갑자기 프랑코의 파트너가 보도에 앉아 스타킹을 벗더니 가방에 넣었다. 그러고는 우리에게 말했다.

"스타킹은 조심해서 다뤄야 해요. 나일론 스타킹은 엄청나게 비싸거든요."

행복한 표정으로 황금빛을 받으며, 프랑코가 내 어깨를 한 대 때렸다. 나는 그 의미를 이해했다. 그건 내가 유럽에서 가장 비싼 해변인 니스에서 경험한 것, 즉 바닷물이 밀려들면 도시의 부스러기들이 백만장자들이 수영하는 물에 둥둥 떠다닌다는 사실을 알았을 때와 똑같은 기쁨이었다.

프라하에서
사람들은
모든 자본주의
국가 사람들과
마찬가지로
반응한다

프라하는 가장 소화하기 힘든 영향들을 너무 살찌지
도 않고 위궤양에 걸리지도 않고서 잘 흡수한 도시였다.
그 결과는 가장 잘 보존된 고대 도시와 가장 건전하고 현
명한 현대 사이의 중간이다. 연금술사 거리라는 골목길
이 있는데, 그것은 사려와 분별에 바탕을 두고 만들어진
몇 안 되는 박물관 중 하나다. 그것은 시간의 작품이다. 17
세기에 그곳에는 기적의 발명품들을 팔던 조그만 가게들
이 있었다. 연금술사들은 비밀 공작실에서 눈썹을 태우면
서 마법사의 돌과 불로장생의 묘약을 찾았다. 순진한 고
객들은 입을 벌리고 기적을 기다렸고, 입을 벌린 채 기다
리다가 죽었다. 물론 불로장생의 묘약은 가게 진열장에
있었던 적이 없고, 그래서 그걸 사는 데 돈을 쓰지는 않았

을 것이다. 그러고서 연금술사들도 죽었고, 과학의 시나 다름없던 그들의 훌륭하고 특별한 조제법도 사라졌다. 이제 조그만 가게들은 문을 닫았다. 아무도 그 조제법을 날조해서 관광객들에 깊은 인상을 심어 주려고 하지 않는다. 유구한 역사가 드러나도록 박쥐와 거미줄로 가득 차게 놔두지도 않고, 집들은 매년 유치하고 촌스러운 노란색과 파란색으로 칠해져 계속 새집처럼 보인다. 물론 지금의 새집이 아니라 17세기의 새집을 뜻한다. 명판도 없고 박식한 언급이 적힌 표시도 없다. 그래서 체코 사람들에게 "이게 뭐죠?"라고 물으면 그들은 너무나 인간적으로 자연스럽게 "연금술사 거리예요."라고 대답하여, 마치 우리가 17세기에 있는 것처럼 느끼게 한다.

프라하는 그렇다. 그곳의 고색창연함은 시대에 뒤떨어져 보이지 않는다. 구도심의 험한 골목길에 있는 커다란 집에는 복제한 피카소 작품들을 걸어 놓은 유서 깊은 맥주 양조장과 전기 계산기 판매점이 있다. 그래서 체코 사람들에게 왜 오래된 맥주 양조장에 피카소 그림이 있느냐고 물으면 그들은 이렇게 대답한다. "피카소 좋아하는 사람이 있으니까 그렇겠죠." 지금과 옛날은 강하게 대조를 이루지 않는다. 프라하는 신중하게 고른 전통적 요소로 구성돼 있다. 질서 정연하며 세련되지만, 그것들이 억지로 이루어진 듯 보이지는 않는다. 국가 제도와 공산주의 체제, 혁명, 유럽에서 가장 안정적인 산업, 그리고 세계에서 최고인 체코 꼭두각시 연극에서도 강제성은 전혀 보이지 않는다.

우리는 정처 없이 다니면서 프라하에서 며칠을 보냈지만, 우리가 서유럽 도시가 아닌 곳에 있다고 생각할 만한 징후는 찾지 못했다. 그곳은 무장 경찰 없이 자연스럽고 자발적으로 질서를 유지한다. 사람들이 초조한 긴장으로 고통받지 않으며, 비밀 경찰에 의해 통제된다는 인상 — 진짜건 가짜건 — 을 주지 않는 유일한 사회주의 국가다.

소비에트 연방의 영향이 무엇인지 분명하게 말하기는 매우 어렵다. 물론 체코 정부는 모스크바에 가장 충실하다고 말하지만 말이다. 붉은 별은 기관차에도 있고 공공건물에도 있는데, 떼었다 붙였다 할 수 있는 게 아니라, 확실하게 붙어 있는 듯하다. 우리는 소비에트 연방 군인을 단 한 명도 보지 못했다. 모스크바의 대리석과 위압적인 과자점이 프라하 건축의 조화를 망가뜨리지도 않았다. 강인하고 역동적인 민족적 개성이 각각의 세세한 점에서 드러나며, 우리가 동독에서 보았던, 그리고 나중에 헝가리에서 보게 될 공식적으로, 자발적으로, 그리고 교활하게 굴종한다는 인상을 주지 않는다.

며칠 전에 바르샤바의 공장 노동자들이 고무우카에게 왜 인민 민주주의는 자본주의 국가들보다 생활 수준이 높지 않냐고 물었다. 그러자 고무우카가 대답했다. "자본주의 국가라고 모두가 인민 민주주의보다 생활 수준이 높은 게 아닙니다. 그리고 확실히 말하지만 체코슬로바키아보다 높은 국가는 하나도 없습니다." 이 말을 확인해 줄 자료는 없지만, 사람들의 차림새와 일반적인 거리의 모습을 보면, 고무우카의 말이 그리 틀리지는 않다고 생각할 수 있다. 체코슬로바키아 사람들은 정치에 그다지 관심이 없다. 다른 인민 민주주의에서 정치는 숨 막힐 정도의 강박이다. 즉, 다른 것에 대해서는 말하지 않을 정도다. 그러나 우리가 만날 수 있었던 체코슬로바키아 학생들 속에서 우리는 그들의 주요 관심사가 배움과 학문이지, 정치에 대해서는 거의 관심이 없다는 사실을 알았다. 그들은 외국

출판물을 통제하면서 국가가 강제로 고립되는 것에 불만을 표할 뿐이다. 분명한 정치적 신념을 가진 몇몇은 검열이란 다른 인민 민주주의 국가에서는 필요하지만, 체코슬로바키아에서는 절대적으로 불필요하다고 여긴다. 우리는 가르시아 로르카 작품의 번역가를 만날 기회가 있었다. 그는 스페인어 교수로 서른다섯 살이었으며, 놀라울 정도로 소심하고 겁이 많았지만, 훌륭하고 뛰어난 지식인이었다. 그는 스페인 문학을 깊이 알고 있었고, 특히 남아메리카 소설에 관심을 두고 있었다. 그는 콜롬비아 작품 두 개를 체코어로 옮겼는데, 책들은 보름도 안 되어 동났다. 그는 열정적으로 이 두 작품에 대해 평했는데, 호세 에우스타시오 리베라의 『소용돌이』와 에두아르도 살라메아 보르도의 『나 자신을 타고 보낸 사 년』이었다.

프라하에서 사람들은 모든 자본주의 국가 사람들과 마찬가지로 반응한다. 무슨 멍청한 말인가 싶겠지만, 이는 실제로는 상당히 흥미로운 점이다. 소비에트 연방에서는 반응이 다르기 때문이다. 프라하와 모스크바에서 우리는 시계로 간단한 실험을 해 보았다. 프랑코와 나는 우리 시계를 한 시간 빠르게 해 놓았다. 그리고 전차에 올라타고는 손잡이를 잡고 서서 갔다. 그렇게 우리는 우리 시계를 잘 보이게 했다. 쉰 살쯤 되고 뚱뚱하며 신경질적으로 생긴 남자가 따분한 표정으로 우리를 쳐다보다가 갑자기 내 시계를 보았다. 12시 30분을 가리키고 있었다. 화들짝 놀란 그가 기계적으로 셔츠 소맷부리를 올리고서 자기 시계가 가리키는 시각을 보았다. 11시 30분이었다. 그는 시계를 귀에 갖다 대고서 초침 소리를 들으며 시계가 제대로 가고 있는지 확인했다. 하지만 불안과 슬픔에 잠긴 그의 눈은 자기 주변에서 가장 가까이 있는 시계를 찾았고, 프랑코의 시계를 보았다. 그것도 12시 30분을 가리키고 있었다. 그러자 그는 팔꿈치로 사람들을 밀며 길을 트고서, 전차가 멈추기도 전에 내렸고, 껑충껑충 뛰면서 사람들 사이로 사라졌다.

파리와 로마에서도 반응은 똑같았다. 모스크바에서 나는 더 멋대로 시각을 틀리게 맞춰 놓고는, 그 시계를 차고 사방을 돌아다녔다. 사람들은 가까이 와서 시계를 유심히 살펴보았지만, 호기심의 내용은 달랐다. 그래서 우리는 소비에트 연방에서 시계를 거의 생산하지 않는다는 사실을 알게 되었다. 시계를 차고 다니는 사람은 거의 없다. 그들이 우리 시계에서 관심을 보이는 건 금빛 외관과 모양, 그리고 질이었지만, 내가 보기에 아무도 시각을 볼 생각은 하지 않았던 것 같다. 소비에트 연방 사람들은 손목시계라면 얼마를 요구하든 그 돈을 지급했다. 프라하의 전차에서 사람들은 사소한 문제를 경험하며 산다. 남자들은 자리를 양보하지 않으려고 여자들을 보지 못한 척하고, 나이 든 여자들은 가방에서 돈을 찾다가 정류장 하차 버튼을 누르지 않고는 운전사에게 마구 욕하면서 말썽을 피운다. 모스크바에서는 옆 사람의 어깨 너머로 신문을 읽으려고 하지 않는다. 그것은 언론이 현재나 현재와 가까운 과거 상황을 취재하지도, 서양에서처럼 매일매일의 경악스러운 사건을 전하지도 않기 때문이다. 모스크바 사람들은 거리에서는 말이 많고 수다스럽지만, 지하철을 타고 갈 때의 모습은 마치 서구 세계 부인들이 새벽 미사를 드리러 형이상학적이고 공상적인 전차를 타고 갈 때의 열정과 같다.

체코슬로바키아에는 눈에 띄는 게 하나 있다. 내가 그때까지 보았던 모든 것과 달랐는데, 그건 바로 군인들이었다. 그들이 시민의 삶에 통합된 방식은 놀라웠다. 기차역에서 그들은 줄을 서서 표를 사고, 객차 안에서는 가방과 허접한 물건들을 들고 먼저 자리를 차지하려고 시민들과 다툰다. 그리고 남들이 앉지 못하도록 의자에 모자를 놔두고서 아이들을 오줌 뉘러 데려간다. 그들은 군인 같지 않고, 오히려 군복을 입은 시민처럼 보였다. 가게에서는 아내들과 함께 장을 보고, 한 손으로는 어린아이의 손을 잡고, 다른 손으로는 기저귀와 젖병이 든 가방을 든다. 나는 한 손에 모자를 들고 있는 장교를 보았는데, 거기에는 토마토가 가득 들어 있었다. 그는 토마토를 넣으려고 아내가 가방 지퍼를 열기를 기다리고 있었다. 또 다른 군인은 아이를 무동 태워서 많은 사람 위로 꼭두각시 인형 진열장을 볼 수 있게 해 주었다. 이는 군의 기품과 품위를 훼손하는 행동이라고 여길 수도 있다. 그러나 인간적인 기품과 품위의 용감한 증거일 가능성이 더 크다.

절대적 자유를 누리며 체코슬로바키아 이곳저곳을 돌아다니다 보면 그곳에서 외국인에게 관심을 두고 보는 건 유일하게 블루진뿐이라는 인상을 받는다. 사람들은 발길을 멈추고 솔직하게 웃으면서, 어느 행성에서 내려왔느냐고 묻는데, 그건 순전히 블루진 때문이다. 체코 사람들은 좋은 옷을 갖고 있을 뿐 아니라, 옷을 잘 입는 데도 많은 관심을 기울인다는 걸 알 수 있다. 나는 파리에서처럼 옷을 잘 입은 많은 여자를 보았다. 정상적으로 옷을 입은 외국인은 눈에 띄지 않고 다닐 수 있다. 소비에트 연방을 비롯해 다른 인민 민주주의 국가에서는 있을 수 없는 일이다. 그런 곳에서 관심의 대상이 되지 않고 다니려면, 아마도 허름하고 낡고 아주 평범하며 엉망으로 만든 옷을 입어야 할 것이다.

프랑코는 프라하에 남아 있기로 했다. 폴란드 영사관에 왜 여행하는지 합당한 근거를 댈 방법이 없었기 때문이다. 우리는 내가 돌아오면 다시 만나서 함께 모스크바를 여행하기로 했다. 나는 그의 예리한 관찰력이 바르샤바에서 아주 많이 필요했다고 생각한다. 기차에서 나는 늙은 농부와 함께 있었다. 그는 온 가족을, 그러니까 아내와 여덟 자식과 세 명의 손주를 비롯해 태어난 지 얼마 안되는 새끼 돼지도 데리고 있었다. 그들 가족이 칸막이 방을 모두 차지하고 있었다. 노인은 내게 차창 유리에 손가락으로 그림을 그려 가면서 자기의 삶을 들려주었다. 그는 폴란드 국경에서 몇 시간 떨어지지 않은 곳에 있는 아주 커다란 집에서 살았다. 그 지역에서 농지는 집단 농장화되지 않았고, 따라서 개인이 농산물을 생산하지만, 국가는 필요한 기계를 빌려주고 생산물을 구매한다. 그는 내게 크리스마스에 자기 집에 와서 함께 새끼 돼지를 먹자고 초대했다. 그는 허름하지만 아주 깨끗한 역에서 내렸고, 차창으로 여권을 조심하라고 알려 주었다. 폴란드 사람들은 여권을 손에 넣으려고 애쓰며, 그 여권으로 제 나라에서 도망치려고 한다는 것이다.

우리가 폴란드 국경으로 다가갈수록, 승객 수도 줄어들었다. 해가 질 무렵에는 기차 칸에 있는 사람이 나뿐이었다. 체코 검표원이 나를 깨워서 기차표를 보여 달라고 했다. 그리고 내 얼굴을 자세히 살피더니, 이탈리아어로 말했다. 그는 전쟁 기간에 밀라노에 있었고, 그곳에서 결혼했다고 했다. 이제는 네 아이가 있었는데, 그들은 아무 어려움 없이 이탈리아어와 체코어를 구사했다. 그중에서 둘은 밀라노에서 휴가를 보내고 있었고, 다른 둘은 국영 여름 농장에 있었다. 할 일이 하나도 없었던 그는 다음 역에서 맥주병 열두 개가 든 상자 두 개를 사고서 국경에 이를 때까지 계속 자기 삶을 이야기했다. 나는 체코에 사는 게 좋으냐고 물었고, 그는 황금처럼 환하고 밝은 미소를 지으며 내게 말했다. "여기에서 우리는 모두 공산주의자입니다. 무슨 말인지 알겠죠?" 또한 그도 폴란드에서는 여권을 조심해야 한다고 무의식적으로 경고했는데, 나는 이 말을 듣자 놀라지 않을 수 없었다. 그가 내게 설명했다. "폴란드 사람들은 공산주의자가 아니에요. 그들은 그렇다고 말하지만, 매주 일요일에 미사에 간답니다."

이번에도 우리는 국경에서 네 시간을 기다려야만 했다. 그건 짜증 나고 화나는 일이다. 서유럽에서 사람들은 다른 언어로 바뀐 간판을 보면서 국경임을 깨닫는다. 기차는 멈추지 않는다. 유럽인에게 비자를 요구하는 유럽 국가는 얼마 되지 않는다. 심지어 프랑스 사람들은 여권 없이 신분증만 갖고도 이탈리아에 들어갈 수 있다. 철의 장막에서의 국경 통과는 일대 사건이었다. 입국할 때 소지한 돈이 얼마인지 신고해야 하고, 나올 때 은행 환전 증명서를 제출해야 했다. 그건 관계 당국이 외국 돈으로 투기하고 있지 않음을 알아보기 위한 절차다. 그러나 그런 절차조차 십 분 이상이 걸리지는 않았다. 기차는 국경을 건너기 이전의 마지막 역에서 두 시간을 기다리고, 군인들의 감시를 받으며 국경을 넘고, 다른 나라의 첫 번째 역에서 다시 두 시간을 허비한다.

폴란드 영토에서 내게 여권을 보여 달라고 요구한 관리들은 내가 나도 모르는 특별 비자를 소지하고 있음을 알았던 것 같다. 내게 영화제 초청장을 요구했기 때문이다. 그들은 내 서류를 모두 가져갔다. 그리고 잠시 후 프랑스어를 하는 관리가 와서 내게 폴란드 사람들이 이용하는 객차로 옮기라고 했다. 나는 따졌다. 폴란드 사람들의 객차는 유럽에서 가장 불편하기 때문이다. 그 관리는 내게 반드시 객차를 바꿔 타야만 한다고 설명했다. 그러고서 내가 앉은 좌석 번호를 적었고, 헤어지면서 이렇게 알려 주었다.

"이 자리에서 움직이지 마십시오. 바르샤바에 도착하면 모든 승객이 하차할 때까지 기다리십시오."

밤에 나는 여러 번 잠에서 깼다. 불을 켜지 않고 편안하게 자려는 승객들 때문이었다. 해가 뜰 무렵 일등실 객차는 사등실 객차처럼 점잖게 차려입은 사람들과 가방 여러 개를 쑤셔 넣은 그물망과 밧줄로 묶은 꾸러미로 발 디딜 틈이 없었다. 대부분은 해가 뜨면서부터, 그러니까 새벽 4시가 되지 않았는데도 책을 읽기 시작했다. 한 남자와 한 여자가 잭 런던의 소설을 읽고 있었다. 여자는 맞춤옷을 입고 있었다. 좋은 천이지만 너무 입어서 닳아 있었다. 또한 무성 영화에 나오는 요부(妖婦) 모자를 속눈썹이 보이지 않을 정도로 푹 눌러 쓰고 있었다. 그녀는 보지 않는 척하면서 집요하게 내 시계를 살폈다. 나중에 나는 그녀뿐 아니라, 무언가를 읽던 사람들도 때때로 읽던 데서 눈을 돌려 내 시계를 살핀다는 걸 알았다.

8시가 가까워지자, 그들은 아침 식사가 든 꾸러미를 열었다. 검은 빵과 살라미 소시지, 그리고 과일이었다. 몇몇은 통조림을 땄다. 나는 먹을 음식이 없었고, 폴란드 돈도 없었다. 그래서 이탈리아에 있었으면 얼마나 좋았을까 생각하면서 단체 아침 식사 자리에 함께했다. 이탈리아에서는 삼등칸 승객들이 함께 여행하는 사람들과 음식을 나눠 먹기 때문이다. 폴란드 사람들은 아무 말도 하지 않았다. 머리를 들어 음식을 씹으면서 내 시계를 응시했다. 영화에서 보던 것처럼 모호하게 무언가에 집중하는 표정이었다. 나는 불편함을 애써 숨기면서 들판을 바라보았다. 체코슬로바키아의 들판과 달리 황량하기 그지없었다. 농기계가 거의 없어서 사용하는 경우는 드물었고, 대부분이 여자인 많은 농민이 원시적인 방법으로 땅을 일구었다. 바르샤바에 도착하기 전에 모자를 쓴 여자가 뜬금없이 내게 프랑스어를 아느냐고 물었다. 내 목소리가 들리자, 그것은 객차 안에서 일종의 대사건이 되었다. 읽고 있던 책들이 일제히 덮였다. 그들의 시선에는 적대감이 하나도 없었고, 무언가 알고 싶어 궁금해하는 표정이 깃들어 있었다. 내게 어느 나라 사람이냐고 물었다. 나는 폴란드 사람들이 남아메리카 사람들을 특별히 높이 평가하는지, 아니면 우리가 배고파 죽어 가고 있다고 확신하는지 잘 모른다. 그러나 분명한 것은 내 국적을 말하자 모두가 똑같이 반응했다는 것이다. 그들은 꾸러미를 열더니 과도하면서도 감동적일 정도로 인자하게 먹을 것을 내밀어 나를 당황케 했다. 모자를 쓴 여자는 내게 책 런던을 읽고 있던 남자의 질문을 통역해 주었다.

"당신은 부자인가요?"

다른 사람들은 내 대답을 기다렸다. 내가 부정적으로 대답하자 그들은 실망한 표정이 아니라 믿지 못하겠다는 표정이었다. 여자는 금시계를 차고 다니는 걸로 보아 내가 엄청난 부자가 틀림없다고 주장했다. 나는 그건 도금한 것이라고 설명했다. 그리고 면도칼로 금박에 선을 그어서 확인해 주었지만, 그래도 그들은 믿지 못하는 표정이었다. 대화는 아주 다정했다. 그렇지만 나는 내가 어떤 점에서 실수를 범했는지 아직도 알 수가 없다. 어느 순간 폴란드 사람들이 자기들끼리만 대화를 하기 시작한 것이었다. 나는 맥주에 취해 약간 멍한 상태였다. 내가 뭐라고 했는지는 정확하게 기억하지 못하지만, 내게 최소한의 관심도 두지 않고 있다는 것을 알 수 있었다. 심지어 내가 보기엔 적대적이었다. 나머지 여행 시간 동안 그들은 내게 아무 말도 하지 않았다. 딱 한 번 말을 했는데, 그건 바르샤바 역에서였다. 그들은 차창 너머로 가방을 던지기 시작했다. 나는 세관 관리의 지시에 따라 움직이지 않고 그대로 앉아 있었다. 나는 그 어떤 호텔 주소도 갖고 있지 않았다. 가장 먼저 눈에 들어오는 호텔로 들어가 나중에 영화제 조직 위원회를 찾을 생각이었다. 객차를 마지막으로 떠난 여자아이는 내가 움직이지 않는 것을 보고 놀랐고, 내게 폴란드어로 뭐라고 했다. 나는 단지 한 단어만 알아들을 수 있었다. '바르샤바'라는 말이었다.

나는 그 아이에게 우리가 바르샤바에 있음을 알지만, 내 자리에 앉아 있어야만 한다고 손짓으로 알려 주었다. 그 아이는 내게 또다시 말을 건넸다. 나는 어깨를 으쓱했고, 그 아이도 똑같이 어깨를 으쓱했다. 나가면서 그녀는 객차의 문을 힘껏 밀었다.

기차가 텅 비자, 이탈리아식으로 옷을 입은 금발의 말끔한 청년이 내 자리로 곧장 다가왔다. 그리고 약간의 아르헨티나 억양이 섞인 완벽한 스페인어로 내게 인사했다. 그의 이름은 아담 바추아벡으로, 바르샤바 신문에서 남아메리카 문제를 담당하는 기자였다. 국경에서부터 내 자료를 전달했고, 아마도 남아메리카 기자에게 최고의 통역사는 오랜 시간을 아르헨티나에서 보냈고, 남아메리카의 상황을 훤히 꿰뚫고 있는 폴란드 기자라고 생각했음이 분명했다.

그는 나를 호텔로 안내했다. 자동차 차창으로 물자가 매우 부족한 살풍경한 도시가 보였다. 그러나 인구는 많았다. 모든 게 완벽하게 말라 있었지만, 내가 보기에 바르샤바에는 수십 년 동안 쉬지 않고 비가 내리는 듯 보였다. 그 이유는 나도 모른다. 36층짜리 크림 파이처럼 생긴 문화 궁전 앞을 지나면서, 아담 바추아벡은 뭐라고 분명히 말할 수 없는 의도로 말했다. "소비에트 연방의 선물입니다." 아직도 나는 그것을 인정한다는 말이었는지, 아니면 그래서 미안하다는 말이었는지 알지 못한다. 나중에 나는 새로 지은 건물을 알아보았다. 그것은 5층짜리 건물이었다. 바르샤바의 것으로는 유일하게 그 사진은 모든 기차와 서양에 있는 영사관에 걸려 있었다. "국영 백화점입니다."라고 통역사는 자진해서 알려 주었다. 나는 그가 괴로워한다는 인상을 받았다. 적어도 우리가 지나가는 지역에는 볼거리가 아무것도 없었다. 고통스러운 황량함뿐이었다. "아름다운 도시예요."라고 나는 말했지만, 왜 그랬는지는 모르겠다. 틀림없이 아담 바추아벡의 말 없는 고통을 더는 참을 수 없었기 때문일 것이다. 그러자 그가 대답했다. "그건 사실이 아니에요. 아직도 이곳은 도시라고 말할 수조차 없어요." 그러고서 복구 사업에 관해 말하면서, 나치들이 돌 하나도 다른 돌 위에 남겨 두지 않았다고 덧붙였다. 솔직히 인정하는데 아담 바추아벡에겐 그날 아침 행운이 따르지 않았다. 기차역에서 호텔로 가는 길은 가장 복구가 덜 된 길이었기 때문이다.

브리스틀 호텔에는 예약된 방이 하나 있었고, 호텔 안내 창구에는 300즈워티가 든 봉투가 있었다. 나는 그것이 달러로 얼마나 되는지 알아보는 수고를 하지는 않았지만, 내가 폴란드에 체류하는 동안 아무런 문제 없이 소소한 잡비 정도는 충당하고도 남았다. 아담 바추아벡은 나를 호텔 방에 투숙시키고서 사전 지시 사항 몇 개를 말해주었고, 점심 식사 후에 다시 찾아오겠다고 말했다. 나는 통역사가 나를 감시하라는 명령을 받았을 거라는 인상을 받았는데, 그건 맥주로 인한 불쾌감이 일조했다고 생각한다. 모든 건 수상할 정도로 완벽하게 작동했다. 나는 재빠르게 옷을 갈아입고 호텔을 나섰다. 위험을 감수하더라도직접 바르샤바를 알고 싶었기 때문이다.

두 눈을 크게 뜨고
끓어오르는
폴란드 바라보기

얼마간 나는 바르샤바의 많은 사람이 한 줄로 서서 걷고 주방 식기와 빈 깡통, 그리고 온갖 종류의 금속 생활용품들을 끌고 다니면서 포장된 도로 위로 가락이 맞지 않는 소음을 계속 낸다는 기억을 간직했다. 그러고는 악몽과도 같은 그런 장면을 객관적으로 이해했다. 바르샤바에는 자동차가 거의 없다. 낡고 개조된 전차가 과도하게 승객들을 싣고 절룩거리며 지나가지 않을 때면, 가로수가 드리운 드넓은 마르샬콥스카 대로는 완전히 보행자 전용 거리가 된다. 그러나 허름한 옷을 입은 빽빽한 인파는 가게에서 뭔가를 사기보다는 진열장을 쳐다보는 데 더 많은 시간을 보낸다. 그들은 보도를 돌아다니는 습관을 간직하고 있다. 그런데도 한 줄로 서서 걷는다는 인상을 주는 이유는 텅 빈 거리로 흩어지지 않기 때문이다. 자동차 경적이나 엔진의 폭발음도 없고 거리에서 행상인들이 외치는 소리도 들리지 않는다. 우리가 들을 수 있는 소리는 순전히 사람들이 내는 소리뿐이다. 바로 주방 식기와 빈 깡통, 그리고 온갖 종류의 금속 생활용품이 쉬지 않고 내는 소리 말이다.

몇몇 지역에 가면 이런 인상이 사라진다. 확성기를 달고 다니면서 대중음악, 특히 체코와 마찬가지로 남아메리카 노래를 트는 트럭들 때문이다. 그러나 법으로 강요되어 억지로 조작된 그 기쁨은 군중 속에서는 나타나지 않는다. 여기서는 첫 순간부터 삶이 만만치 않고, 그들이 커다란 재앙으로 인해 고통받았으며, 국가적 차원의 극적인 사건은 사소한 가정 문제로 이뤄졌다는 사실을 알게 된다. 상점은 동독과 마찬가지로 형편없다. 그러나 서점은 예외다. 그곳은 가장 현대적이고 가장 화려하며 깨끗하고 사람들이 많이 모이는 장소이다. 바르샤바는 책으로 가득하고, 가격은 놀라울 정도로 싸다. 가장 인기 있는 작가는 잭 런던이다. 아침 8시부터 열려서 사용되는 독서실이 있지만, 폴란드 사람들은 거기에 앉는 걸로 만족하지 않으며, 독서를 통해 삶의 모든 공백을 메운다. 그들은 전차를 기다리거나 — 전차를 타려면 온종일이 걸린다 — 필수 생활품을 사려고 줄을 서서 기다리면서도 책이나 잡지, 공식 선전 책자 등을 마치 수도사처럼 다소 멍하니 읽는다.

나는 거리에서 그 많은 사람이 뭘 하는지 이해할 수가 없었다. 폴란드에서 실업은 문제가 아니라는 사실은 이미 검증되었다. 하지만 많은 사람이 가게 진열장을 보면서 인생을 보낸다. 국영 백화점은 새로운 물건을 권하지만, 오래돼 보이고 값도 매우 비싸다. 사람들은 백화점이 문을 열기 전부터 문 앞에 장사진을 이룬다. 가장 사진을 잘 받는 바르샤바 백화점의 빽빽한 인파와 뒤섞여 몇 시간을 보내면서 에스컬레이터를 타고 오르내렸던 나는 사람들이 백화점을 돌아보고 빈손으로 나온다고 자신 있게 말할 수 있다. 밖에서 물건을 사기엔 돈이 충분치 않다고 깨닫는 것 역시 쇼핑의 한 방법인 것 같다.

신부들과 수녀들이 인파와 뒤섞여 있는데, 그 비율은 로마에서처럼 눈에 띄게 높다. 그들은 사방에서 발견된다. 정치 강연이나 문화 모임을 비롯해 서점에서 표지에 스탈린의 사납고 잔인한 콧수염을 실은 잡지를 살펴보는 종교인들을 발견하는 건 전혀 어렵지 않은 일이다. 마르샬콥스카 대로에서 나는 전구로 만든 관을 쓰고 다리에는 타고 있는 두 개의 기름 램프를 단 그리스도를 보고 깜짝 놀랐다. 몇몇 보행자는 그 앞에서 잠시 걸음을 멈추고 성호를 그었다. 나중에 나는 사회주의 국가의 수도에 놓인 그런 모습에 익숙해졌다. 최근에 만들어진 성모상들도 있었다. 복구된 최초의 건물 중 하나는 대성당이었다. 교회는 온종일 열려 있고, 거리에서는 공산당 총서기인 브와디스와프 고무우카의 유권자들이 그리스도상 앞에 엎드려 양팔을 벌리고 있는 모습을 볼 수 있다. 우리가 바르샤바 대성당 관광을 마치고 지나가는데, 대제단 앞에서 큰 소리로 기도하던 어느 노파가 일어나 동냥을 했다. 나는 그녀가 철의 장막에서 유일하게 본 거지라고 분명하게 말할 수 있다.

바르샤바의 전반적인 인상은 매우 가난해 보인다는 것이었다. 동독과 헝가리보다 더 충격적이었다. 그러나 폴란드 사람들에겐 높이 살 점이 있다. 오랫동안 궁핍하게 생활하고 전쟁으로 괴멸되고 복구를 강요받고 정부 관리들의 실수로 숨통이 끊겼지만, 계속해서 고결하고 숭고

하게 살아남으려고 노력한다는 점이다. 그들은 덕지덕지 기워졌지만, 찢어지거나 망가지지는 않았다. 설명하기 불가능할 정도로 가난하지만, 반항 정신으로 가난과 맞서고 있음을 알 수 있는데, 그건 적어도 동독에서는 선명하게 보이지 않는다. 낡은 옷과 닳은 신발 속에서 폴란드 사람들은 존경할 수밖에 없는 기품과 품위를 간직하고 있다.

바르샤바 복구는 거의 전례를 찾아볼 수 없는 국가적 노력으로 이루어진다. 유대인 거주지는 이제 나무 한 그루 없이 황량하며, 푸줏간의 테이블처럼 반반하다. 그렇게 해방의 아침에 도시 중심가도 그랬다. 도시가 없었을 뿐 아니라, 폴란드 사람들조차 없었다. 남아 있던 사람들은 나중에 조국으로 돌아온 사람들의 도움을 받아서 돌하나도 다른 돌 위에 남아 있지 않았던 도시를 돌 위에 돌을 얹어 가면서 복구하는 데 전념했다. 그들은 일종의 복수심에 찬 용맹함으로, 폴란드 기갑 부대가 히틀러의 탱크와 창으로 맞서던 상징적인 무모함으로 그렇게 했다. 우선 종이 위에, 즉 도면과 사진들과 역사적 기록 위에 도시를 다시 건설했다. 학자 집단이 믿을 만하게 복구되는지 감시하여 새로운 도시가 과거의 도시와 똑같아지게 했다. 중세의 성벽을 다시 만들기 위해서는 수백 년 전에 사라졌던 제조법으로 특별한 형태의 벽돌을 제작해야 했다.

사진 위에 만들어진 그 도시의 광경은 흥미롭다. 중세의 골목길은 갓 칠한 페인트 냄새가 난다. 사백 년 전의 건물 외관은 아직도 마무리되지 않았다. 공사 중인 건물의 비계에는 1925년에 태어난 페인트공들이 있는데, 이들은 잊힌 기술과 제조법을 만들어 내서 내일 아침이면 삼백 년 정도 돼 보일 성벽을 다시 칠해야만 했다. 그런 거대한 작업은 빵과 신발을 희생하여 만들어졌다.

이렇게 바르샤바 건축은 일관성 있게 진행되었지만, 우발적 사고가 하나 있다. 그것은 바로 문화 궁전으로, 소비에트 연방의 선물이자 모스크바 교육부를 충실하게 복제한 건물이다. 폴란드 사람들에게는 러시아 사람들 이야기를 할 수 없다. 그랬다간 욕을 퍼붓기 때문이다. 그래서 그들은 아마도 그 건물을 폭파하고 말 것이다. 사람들 말에 따르면, 스탈린이 폴란드의 의견을 묻지도 않은 채, 폴란드 통치자들이 바르샤바의 가장 큰 광장에 그의 이름을 붙인 데 대한 감사의 표시로 그곳에 설치하게 했다고 한다. 이제 광장은 '문화 광장'이라고 불리지만, 그 궁전은

꼭대기에 붉은 별을 새긴 채 확고하게 스탈린식으로 계속 그곳에 서 있다. 모스크바의 성 바실리 대성당처럼 자칫하면 길을 잃을 수도 있는 그 거대하고 텅 빈 기괴한 건물에는 강연장, 극장과 영화관, 문화 단체 본부 등이 있다. 여름의 토요일 밤이 되면, 정부는 대형 확성기를 설치해서 억수같이 재즈를 내보내고, 젊은이들은 새벽 1시까지 춤을 춘다. 도시 복구 작업에 참여했던 역사학 교수는 이렇게 말했다. "우리의 모든 노력은 수포가 되어 버렸습니다. 문화 궁전은 우리의 전통에 구멍을 뚫어 버렸습니다."

몇몇 폴란드 사람은 그것이 선물이라는 말조차 믿지 않는다. 그들은 그것이 옛 통치자들의 작품으로, 스탈린에게 아부하기 위해 세웠다고 생각한다. 그것이 선물임을 인정하는 사람들조차 거기엔 러시아인들에 대해 원한을 품을 이유가 있다고 말한다. 폴란드 사람들이 뼈대만 덩그렇게 남은 파괴된 건물 안에서 쥐새끼처럼 살고 있을 때 문화 궁전이 건설되었기 때문이다. 폴란드가 주택 부족으로 고통받는 순간에 — 이직도 고통받는다 — 왜 소비에트 연방이 그토록 사치스럽고 쓸모없는 선물을 줬는지 이해할 수 없다. 고무우카가 집권하고 국가가 표현의 자유를 누리기 시작하자, 문화 궁전에 대한 공판이 시작되었고, 그런 소송은 아직 끝나지 않았다. 몇 주 전에 벌어진 어느 시위에서는 고무우카에게 이렇게 물었다. "문화 궁전은 소비에트 연방의 선물이 맞습니까?" 고무우카는 이 주제와 맞서지 않으려고 한다. "맞습니다."라고 대답하고서, 악의적인 그 어떤 평도 하지 못하도록 선수를 쳤다.

"선물받은 말의 이빨은 들여다보는 게 아닙니다."

어느 날 밤 나는 호텔에서 아담 바추아벡의 메모를 보았다. 나는 그걸 잘못 이해했음이 분명했다. 강연회라고 생각한 것이었다. 식사할 시간이 없었다. 택시를 타고서 운전사에게 주소를 보여 주었고, 그는 아무 말도 하지 않고 바르샤바 근교의 나무로 둘러싸인 음침한 건물 앞에 내려 주었다. 갈라 파티였다. 나는 블루진을 입고 있었지만, 그런 부르주아적 사소함은 별로 걱정하지 않았다. 인민 민주주의 공화국에서는 아무렇게나 입고도 파티에 참석할 수 있다는 말을 들었기 때문이다. 삼 년 전에 베네치아 영화제에 참석한 소비에트 연방 대표단은 기자들을 엑

셀시오르 호텔 리셉션에 초대했다. 여름 셔츠를 입고 그곳에 온 사람들은 제복 입은 웨이터들에게 입장을 거부당했다. 그러자 대표단의 한 사람이 우리에게 말했다. "모스크바에 가면 마음대로 들어갈 수 있습니다. 그러나 여기에서는 정장을 요구하고, 우리는 이 나라의 관습을 존중합니다." 그런 규정은 바르샤바에서는 준수되지 않는다. 그 난처한 순간에 나는 바르샤바에서도 소비에트 연방의 교조적 원칙이 그대로 적용될 거라고 오해했다. 남자들은 검은 정장을 입고 있었고, 여자들은 프랑스 잡지에서 모방한 옷을 입고서 그 위에 진열장에나 놓일 법한 보석을 걸치고 있었기 때문이다.

나는 호텔로 돌아갔다가 올 시간이 없었다. 아담 바추아백은 그런 건 중요하지 않다고 여러 번 말했다. 그래서 나는 다른 손님들과 함께 커다란 식탁 주변에 자리를 잡았다. 거기에는 먹을 것이 많이 차려져 있었다. 무엇보다도 악마와 같은 46도짜리 폴란드 보드카 병이 많았다. 신사들이 숙녀들의 손에 입을 맞추었다. 손을 건네주는 태도를 보고서 나는 숙녀들이 외국인들도 그들 손에 입 맞춰 주기를 기다리고 있음을 알았다. 심지어 몇몇 폴란드 사람들은 무리를 지어 자기들끼리 프랑스어로 말했다. 대화 주제는 내가 보기에 자연스럽게 우러나온 게 아니었다. 각자 다른 사람들에게 자기 프랑스어가 더 훌륭하며, 힘들게 찾아낸 대화의 내용을 잘 알고 있다고 과시하려는 데 관심이 있었다.

잠시 후 나는 몰락한 귀족 계급의 그런 분위기에 민주적인 구석이 있다는 걸 알았다. 관용차 운전사들 역시 파티에 있었던 것이었다. 그들은 나머지 사람들과 섞이지 않았다. 나는 그들이 있는 곳으로 가서 그들과 함께 있었다. 숙녀들의 손에 입을 맞추는 폴란드 관습에 반대해서가 아니라, 블루진과 헐렁한 셔츠를 입고서 그러는 건 역사에 길이 남을 몰상식이라고 생각했기 때문이다. 운전사들은 우리가 입은 것과 같은 차림이었다. 그러니까 전 세계의 운전사처럼 옷을 입고 있었다. 나는 그런 분위기가 편안하고 익숙했다. 심지어 그들의 대화에 끼어들어 깨끗하고 유창한 폴란드어로, 그러니까 보드카 석 잔을 마신 다음에는 누구나 구사할 수 있는 그런 폴란드어로 말했다.

알코올 기운이 한층 짙어지자, 그곳에 모인 사람들이 뒤섞였다. 그러자 운전사들 역시 숙녀의 손에 입을 맞추었다. 나는 거기서 빠져나올 수 없었다. 나는 그런 관습이 자산을 몰수당한 계급의 나쁜 버릇이라고 여겼는데, 나중에 폴란드의 모든 지역과 모든 계급에서 유지되는 관습이라는 걸 알게 되었다. 사회주의는 모두에게 똑같은 권리를 주었지만, 그런 사회는 이루어지지 않았다. 하지만 그럴 가능성이 확대된 것은 분명했다. 그래서 이제 운전사들 같은 우리는 숙녀의 손에 입을 맞출 수 있다. 나는 웹스대령의 거북하고 당황한 모습을 잊을 수 없다. 그는 워싱턴 의회 도서관에서 파견된 사람으로, PAA 서류 가방에 갈아입을 옷 두 벌을 갖고 다니는 은발의 실용적인 미국인이었다. 그는 파티장에 있었는데, 어느 순간 내게 다가와 이렇게 말했다. "인사로 손에 입을 맞춰야만 한다는 걸 알았더라면, 아마 나는 차라리 기관지 폐렴으로 침대에 누워 있었을 겁니다."

그러나 내가 보기에 보석을 두른 우아한 차림과 폭발음 내는 자동차 엔진 소리가 뒤섞이는 건 보드카를 석 잔쯤 마신 후에야 가능했다. 옛 귀족 계층 사람들은 아직도 보수적이고 오묘한 도시 크라쿠프에 살고, 개인 주거지에 틀어박혀 갈수록 밀려드는 프롤레타리아로부터 그들 자신을 지킨다. 그들 중 몇몇은 체제에 협력한다. 환영회에 참석하지만, 자코파네*에서 일하는 제화공의 아들인 장관과 만나거나, 광산 안쪽에서 기중기를 타고 온 산업 지도자와 만날 때는 얼굴을 찌푸린다. 한편 프롤레타리아 역시 소심한 태도를 완전하게 극복하지는 못한 상태다.

브리스틀 호텔 식당은 전문직 노동자에게 그리 비싸지 않다. 토요일 밤이면 그들은 반짝거리는 분홍색 옷을 입은 아내와 테이블에 앉지만 손을 어디 둬야 할지 모른다. 가끔 이브닝드레스를 입고 손을 사용해 오케스트라가 연주하는 왈츠에 리듬을 맞춘다. 그들이 불편해하고 있으며, 냅킨이 있는 분위기를 좋아하지 않는다는 건 쉽게 알 수 있다. 그리고 샴페인 마개가 튀어 오르면 깜짝 놀란다. 그러면 몰수당한 사람들은 슬그머니 웃으며, 폴란드에는 혁명의 불을 붙일 수 없는데, 이는 노동자들이 열등감을 갖고 있기 때문이라고 용기를 내어 외국인들에게 말한다.

파티가 끝나기 조금 전에 매우 신경질적인 폴란드 사람이 운전사들에게 몇 가지 지시를 내렸다. 내게도 몇 가

* 폴란드 남부에 있는 대표적인 휴양 도시.

지를 직접 지시했는데, 매우 특별한 성격을 띤 지시였음이 분명했다. 운전사들이 폭소를 터뜨렸기 때문이다. 그는 내가 폴란드 말을 하지 못한다는 사실을 알았고, 내가 신분을 밝히자 내 옷을 유심히 살펴보았다. 그러고서 갑자기 나를 뜨겁게 껴안았다. 폴란드 사람들과 소비에트 연방 사람들만이 할 수 있는 그런 포옹을 하고서 그는 내게 말했다. "당신은 진정한 공산주의자입니다, 동지." 그는 조심스럽게 경멸하듯 잘난 척하면서 나머지 사람들을 보여 주었다.

"저들은 아닙니다." 그가 덧붙였다. "저들이 떠나고 있습니다. 그게 편하거나, 아니면 그것 말고는 할 수 있는 게 없기 때문이죠."

그는 예술 잡지 사장이었다. 그는 콜롬비아 대중음악에 관해 나를 취재했고, 며칠 후 호텔에서 나는 그의 명함이 든 봉투 하나를 받았다. 취재비로 200즈워티가 들어 있었다. 나는 일주일 후에 국경에서야 비로소 그 돈의 존재를 기억하게 된다.

헝가리 대표단원은 다소 곰 같은 면이 있고, 다정하기 그지없으며, 신장 통증을 앓고 있었다. 그의 이름은 안드레아였고, 나는 '용감하다'는 의미의 그 이름을 가지고 농담을 하곤 했다. 그는 이탈리아어를 약간 할 줄 알았다. 테이블에서는 내 옆에 앉았다. 나는 그가 가는 곳이면 어디든지 신중하고 다정한 헝가리 청년이 동행한다는 걸 눈여겨보았다. 청년은 그의 통역사라고 했고, 실제로 4개 언어를 할 줄 알았지만, 그 기능을 제대로 수행하는 것처럼 보이지는 않았다. 어느 날 밤 나는 타자기가 필요해서 안드레아에게, 아니, 안드레아 씨에게 그의 것을 빌려달라고 부탁했다. 그는 자기 통역사에게 물어봤다. 통역사는 좋다고 허락하고서 타자기를 찾으러 우리와 함께 방으로 올라갔다. 호텔 직원이 여권을 보여 달라고 한 적이 있는데, 안드레아는 여권을 가지고 있지 않았다. 그의 여권을 가지고 있던 사람은 그의 통역사였다. 처음에 나는 이해가 안 돼서 그 이유를 물었다. 그러자 일흔다섯 살의 솔직한 표정을 지으며, 그는 내게 공산주의자가 아닌지 물었다. 그러고는 비밀을 털어놓았다. 통역사는 형사였고, 안드레아 씨는 시네마테크의 고위 관료였다. 헝가리 경찰은 그가 공무원 신분인데도 신임하지 않았고, 그래서 형사와 함께 그를 바르샤바로 파견했던 것이다. 그 노인네가 여권을 이용해 철의 장막에서 도망치지 못하도록 사전에 방지하기 위해서였다. 정통 공산주의자로 체제의 신임을 받고 있던 그 청년은 그에게 어머니다운 배려심으로, 그리고 할아버지뻘 되는 노인에게 젖을 주는 것과 같은 사랑으로 담뱃값까지 일일이 내주었다.

그것이 내가 폴란드에서 기억한 유일한 경찰의 감시였지만, 그건 폴란드 상황이 아니라 헝가리의 상황을 말해 준다. 정반대로 폴란드인들은 놀라울 정도로 자유를 누리며, 그 덕분에 정부에 반대하는 말을 마음대로 할 수 있다. 고무우카는 신성불가침이다. 그러나 그런 사람은 그가 유일하다. 문화 궁전에서는 한 학생이 대본을 쓰고 실험 극단이 상연하는 작품이 공연되고 있었는데, 이 작품엔 장관들을 실제 이름으로 등장시켜 풍자했다.

심지어 청년층의 힘과 압력이 논의의 여지 없이 확실한 소비에트 연방에서도 젊은이들은 폴란드만큼 맹렬하게 끓어오르지 않는다는 사실을 알 수 있다. 폴란드 젊은이들은 서유럽의 어느 국가보다 우월하거나, 적어도 열광적이다. 체코슬로바키아와는 반대로, 폴란드 학생들은 정치에 적극적으로 참여한다. 모든 대학 신문과 잡지들은 고무우카가 집권한 이후 매달 한 번씩 출간된다. 그런 잡지와 신문들은 정부의 일에 직접 개입한다. 대학은 화약통과 같다. 그런 상황은 극단에 이르렀고, 그래서 정부는 《포 프로스추》* 신문을 폐간하기에 이르렀다. 언론의 자유와 밀월 관계를 유지하면서 사방으로 무차별적인 공격을 퍼붓던 학생들에게 이는 큰 정신적 충격을 주었다. 그 조치는 격렬한 대중 시위를 촉발했다.

　나는 그런 열렬한 학생 운동을 서점의 수, 책의 가격, 그리고 폴란드 사람들의 독서 열기와 연결하는 게 단순화라고 생각하지 않는다. 헝가리에서 어느 공산주의자는 이렇게 말했다. "폴란드는 인민 민주주의가 아니다. 그 나라는 프랑스의 문화적 식민지이며, 그들이 한 것이라고는 소련의 영향을 떨쳐 버리고 프랑스의 영향 아래로 돌아간 것뿐이다." 그러자 폴란드 사람들은 이런 헝가리 사람들의 말을 제대로 반박한다. 어느 폴란드 공산주의자가 다음과 같이 말했던 것이다. "헝가리 공산주의자들은 소비

---

*　포 프로스추(Po Prostu). 글자 그대로의 뜻은 '정확히 말하는 사람'이다. 이 것은 '정확히 사격하는 사람,' 즉 저격수에서 영감을 받아서 만든 폴란드 단어이다.

에트 연방의 자발적인 노예다. 그들은 반마르크시즘의 모든 악을 지닌 당파주의자이고 교리주의자들이다." 어느 폴란드 공산주의자는 부다페스트에서 헝가리 공산주의자를 껴안으면서 이렇게 말했다. "우리는 헝가리 민중이 10월에 일으켰던 그 대단한 혁명에 감격하고 있습니다." 그러자 헝가리 공산주의자가 분노로 얼굴이 새파래지면서 주장했다. "그건 혁명이 아니었습니다. 그것은 반동분자들이 일으킨 무장 반혁명이었습니다." 이렇게 두 나라는 친하면서도 서로 다르다. 한편 체코슬로바키아와의 관계에서는 두 나라의 의견이 일치한다. 그들은 "체코인들은 자기들 물건을 파는 데만 관심이 있죠."라고 말한다. 나는 그들에게 내가 보는 관점에서 체코슬로바키아는 유일하게 견고한 인민 민주주의라고 말했다. 그러자 그들은 "그건 인민 민주주의가 아닙니다."라고 반박했다. 그들은 체코슬로바키아가 콜롬비아의 독재자 로하스 피니야*

---

* 구스타보 로하스 피니야(Gustavo Rojas Pinilla, 1900~1975). 콜롬비아의 정치인이자 군인. 1951년에 한국 전쟁에 참여했으며, 1953년 6월에 군사 쿠데타를 통해 집권해서 1957년 5월 10일까지 콜롬비아의 제19대 대통령으로 재임했다.

에게 무기를 팔았다고 주장했는데, 나는 그것이 사실인지, 아니면 나를 자기들 편으로 만들려고 한 말인지 잘 모른다.

이렇게 내부적으로 차이가 있지만, 체코슬로바키아와 폴란드는 서방 세계를 향해 눈을 돌리고 있는 유일한 사회주의 국가다. 체코슬로바키아는 소비에트 연방과의 관계를 교묘하게, 그리고 요령 있게 처리하면서, 좌파와 우파와 협상한다. 이 나라는 거의 모든 서방 국가와 무역을 한다. 또한 콜롬비아 영사관이 있는 유일한 인민 민주주의 국가지만, 물론 그곳은 프라하의 전화번호부에는 실려 있지 않다. 반면 폴란드는 단호하고 격하게 서방 세계로 눈을 돌리고, 소비에트 연방 사람들을 얕보는데, 아마도 그건 순전히 문화적 목적 때문인 것 같다. 가정에서는 프랑스어를 가르치는 관습을 지키고 보존한다. 프랑스에 있다가 오래전에 이주한 사람 중에는 노동자가 많은데, 그들의 가족은 아이들이 학교에서 폴란드어를 배우기 전에 프랑스어를 가르치기도 한다. 그리고 바르샤바의 모든 공공 기관에서는 프랑스어를 말한다.

제 나라에서 그다지 주목받지 못하는 프랑스 작가들,

특히 헝가리에서 일어난 사건으로 공산당과 멀어진 공산주의 작가들은 폴란드에서 엄청나게 많은 독자에게 읽힌다. 파리의 어느 신문은 얼마 전에 이런 머리기사를 발행했다. "프랑스 좌익이 생각하는 바를 알려면 바르샤바의 신문과 잡지를 읽어야 한다." 사르트르가 쓴 최근의 몇몇 글은 프랑스어보다 폴란드어로 먼저 출간되었다. 바르샤바 언론에서는 가장 훌륭한 프랑스 작가들과 폴란드 작가들이 격한 논쟁을 벌였는데, 파리는 이런 소식을 전하지 않는다.

폴란드 사람들이 원하는 것을 알기란 쉬운 일이 아니다. 그들은 복잡하고, 다루기 힘들며, 여성적일 정도로 민감하고, 지성을 존중하는 경향이 있다. 그들이 처한 상황은 그들의 존재 양식과 몹시 흡사하다. 공산당 총서기인 고무우카는 그 누구도 이의를 제기하지 않는 국가 영웅이다. 그러나 나는 정부에 동의하는 폴란드 사람들을 거의 만나지 못했다. 독립 언론, 그러니까 폐간된《포 프로스추》같은 몇몇 공산주의 언론은 가장 순수한 마르크스주의를 따르면서 체제에 돌을 던진다. 사회주의의 필요성은 논할 필요가 없지만, 현재 지도부의 능력은 전적으로 부정된다. 그들은 국가 현실을 고려하지 않는다는 비판을 받는다. 정부를 비난하는 사람들이 바로 파업과 시위를 벌이고 경찰과 거리에서 대치하면서 경제 상황이 허락하지 않는 바를 요구하는 장본인들이다.

폴란드 사람들이 일반적으로 합의하는 점이 하나 있는데, 그것은 바로 반소비에트주의다. 고무우카는 국민투표에서 자신의 인기를 확인한 후 모스크바로 여행했다. 폴란드 사람들은 그가 크렘린궁에서 납치당할 거라고 확신했다. 그들은 러시아 사람들이 무슨 짓이든 할 수 있다고 믿는다. 그러나 고무우카는 아무 일 없이 돌아왔고, 소비에트 연방 군대가 폴란드에서 즉각적으로 철수할 수 없을 거라는 소식을 전했다. 그러자 그에게 표를 주었던 많은 사람이 반대파로 돌아섰다. 고무우카는 노동자와의 인터뷰에서 이렇게 밝혔다. "소비에트 연방에서는 많은 것이 바뀌었습니다. 비밀 재판과 집단 처형의 시기는 끝났습니다." 그러나 아무도 그 말에 설득되지 않았다. 그것이 폴란드인들이 미국을 더 좋아한다는 의미는 아니다. 그들과 대화를 나누어 본 바에 따르면, 그들은 반소비에트주의자인 것과 마찬가지로 반미주의자이다. 나는 많은 사람에게 솔직하게 무엇을 원하느냐고 물었고, 그들은 내게 "사회주의입니다."라고 대답했다. 나는 그들이 차근차근 단계를 밟기보다 당장 그걸 원한다고 생각한다. 현재 정치적 특권의 최고봉은 고무우카와 비신스키 추기경이다. 그들은 멋진 한 쌍이다. 그러나 그들 때문에 전국은 엉망진창이 되어 모순된 상황에 빠졌다. 그래서 그들의 관계는 오래 지속될 수 없다. 옛 체제는 종교 교육을 폐지했고, 추기경을 수도원에 감금하고 경찰의 감시 아래 두었다. 그리고 표현의 자유와 파업의 권리, 사회주의 건설에서 대중의 발의권을 폐지했다. 다시 말하면, 모스크바의 지령을 따르는 집단 독재였다. 정치 경찰은 공포를 통해 질서를 강요했다. 가장 인기 있는 공산당 지도자인 브와디스와프 고무우카는 투옥되었다. 민중의 압력으로 고무우카는 석방되었고, 국민은 그를 어깨에 태워 공산당 총 비서실로 데려갔다. 그러자 고무우카는 가장 먼저 정치 경찰을 해체했고, 정치 경찰이 저지른 범죄의 책임자들을 규명해서 재판에 넘겼으며, 추기경을 석방했다. 그런데 고무우카와 추기경이 한 번도 대화를 나눈 적이 없다는 건 사실이다. 그들은 사진을 통해 서로를 알았다. 폴란드 수석 대주교는 여러 연단을 돌아다니면서 가톨릭 신자들에게 공산당 후보에게 투표하라고 요청하는 전례 없는 행동을 했고, 그렇게 바티칸과 문제를 일으켰다. 한편 고무우카는 소비에트 연방과 공산당 강경파와 문제를 초래했지만, 종교 교육을 복구시켰다. 민중은 승리했고 고무우카도 승리했다. 비신스키 추기경도 승리했다. 도대체 어찌 된 일일까? 많은 폴란드 사람은 가톨릭 신자인 동시에 공산주의자다. 그들은 토요일마다 공산당 세포 모임에 참석하고, 일요일에는 주일 미사에 간다.

크라쿠프로 갈 때 우리는 스무 살의 여자 간호사와 함께 여행했다. 그녀는 모든 면에서 조숙한 여자였다. 또한 공산당 청년 연맹과 가톨릭 운동에 적극적으로 참여하고 있었다. 그녀 이름은 안나 코즈웁스키였다. 나는 열네 시간 동안 여행하면서 그녀에게 어떻게 두 사람을 섬길 수 있는지 설명을 들으려고 애썼다. 그녀는 공산당 당원과 가톨릭 운동원이 분명하게 구분된다고 생각하지 않았다. 그리고 특정 상황, 즉 폴란드 상황에서는 두 가지가 같은 목적지로 나아간다고 생각했다. 나는 그런 이치를 마르크스주의 수업이나 종교 수업에서 배웠느냐고 물었다. 그러자 그녀는 놀라울 정도로 확신하면서 대답했다. "두 수업 중 그 어떤 것도 아니에요. 우리는 폴란드의 경험에서 배우고 있습니다."

물론 안나 코즈웝스키의 증언을 폴란드 상황에 대한 최종 결론으로 제시하고 싶지는 않다. 나는 폴란드 사람들이 교조의 의미를 이러지도 저러지도 못한 채 다양하고 미묘하게 정의하고 있다고 믿는다. 그러는 사이, 경제 상황은 극적일 정도로 힘들어진다. 때때로 그들은 가장 단순한 논점까지도 격하게 주장하는데, 이런 모습을 보면 터지기 일보 직전의 화약 같다는 인상을 준다. 그러나 더는 어쩔 수 없게 되면, 그들은 손가락으로 머리카락을 꼬면서 뜨거운 확신을 담아 소리친다. "우리만이 우리가 어디로 가는지 압니다." 우리 통역사인 아담 바추아벡의 생각은 더 분명했다. 언젠가 우리는 비스와강 위로 지는 노을을 바라보았다. 변두리에서 공장의 굴뚝들이 반짝반짝 빛났다. 아담은 아주 열정적으로, 그러나 연민이 완전히 배제되지는 않은 얼굴로 폴란드의 상황에 대해 말하면서 이렇게 밝혔다. "서방의 공산주의자들은 우리에게 엄청난 편견을 갖게 했습니다. 그들은 이곳을 천국으로 그렸습니다. 외국인들은 환상을 품고 오고, 그래서 우리는 그들에게 현실을, 여기서의 삶이 매 순간 드라마와 같다는 사실을 이해시키기 힘듭니다." 그는 멀리 있는 공장의 희미한 빛을 뚫어지게 바라보더니 이렇게 말을 맺었다. "하지만 우리는 길을 찾아가고 있습니다. 우리에게 평화의 시기가 십 년만 더 주어진다면, 우리는 스스로 전쟁을 억제할 힘을 충분히 갖게 될 겁니다." 그런 명확함은 거의 예외적이라고 할 수 있다. 바르샤바, 그리고 후에 모스크바와 부다페스트에서 만난 폴란드 사람들을 통해 나는 그들이 왜 혼란스러워하는지 그 원칙을 찾았다고 생각한다.

크라쿠프가 보수적 경향이라는 사실은 너무나 분명히 보인다. 심지어 커다란 길, 즉 야외조차도 약간의 수도원 분위기를 풍긴다. 그곳은 가톨릭의 거점 도시다. 안나 코즈웁스키는 크라쿠프의 학생들이 가족처럼 친밀한 분위기에서 교육받았고, 사회주의에 저항한다고 내게 말해주었다. 외국 사절단이 오면 온 도시에 그 소식이 알려졌다. 밤 9시에 호텔 문 앞은 사인을 요구하는 수많은 아이로 발 디딜 틈도 없었다. 어느 사절단 단원은 여러 색깔의 목도리로 터번을 하고서 소란을 일으켰다. 그러나 두 시간 후 거리는 아무도 없이 썰렁했다. 늙은 창녀 몇 명이 처참하고 슬프게 화장을 하고서 호텔 앞의 작은 공원을 배회했다. 우리는 거리에서 남자들도 몇 명 만났지만, 그들은 완전히 취해 있었다. 폴란드인들답게 오감이 마비될 정도로 만취한 상태였다. 안나 코즈웝스키는 폴란드에서 알코올 중독은 체제와 전혀 상관이 없다는 사실을 내게 설득시키려고 안간힘을 썼다. 그건 폴란드 국가 그 자체처럼 오래된 관습이다. 그러나 고무우카는 그 점을 몹시 걱정하고 있는 게 분명하고, 그래서 얼마 전에 보드카 가격을 30퍼센트 인상했다.

우리는 나이트클럽에 들어갔다. 지난 세기부터 아무것도 바뀐 게 없는 곳이었다. 클럽을 장식하는 벨벳 천은 낡았고, 악사들과 그들의 악기는 오래됐으며, 젊은이들이 춤출 줄 모르는 곡을 연주했다. 소독약 냄새가 코를 찔렀다. 모든 게 깨끗하고 청결했지만, 공기 속에 먼지가 떠다니는 것 같은 분위기다. 초록색 벨벳 바지를 입고, 똑같은 소재의 짧은 재킷을 입은, 그러니까 투우사 옷을 입은 웨이터가 우리에게 폴란드어로 말을 걸었다. 안나가 통역해 주었다. 내가 넥타이를 매고 있지 않아서, 나를 응대하고 싶지 않다는 말이었다. 웨이터는 내가 외국인임을 알았고, 그러자 프랑스어로 미안하다면서, 내게 폴란드 손님들에게는 제대로 옷을 갖춰 입도록 요구하는데, 그건 '노동자들이 노동복을 입고 들어오지 못하도록' 하기 위함이라고 설명했다. 젊은 사람은 없었다. 여든 살쯤 된 어느 노인이 꽃무늬 원피스로 단장한 뚱뚱한 여자와 춤을 추고, 그곳에 있던 사람들에게 박수를 받았다. 나는 최선을 다해 춤을 추려고 했다. 역시 그곳에서 연주하는 곡을 알지 못했던 안나는 미안하다면서, 폴란드 젊은이들은 현대 음악, 특히 재즈만 출 줄 안다고 말했다. 연주곡이 나오는 동안, 나는 노골적으로 호기심을 보이면서 나를 살펴보던 여자와 춤을 추며 대화했다. 그녀는 나를 살피면서 몹시 즐기는 것 같았다. 그러면서 내게 멕시코 사람이냐고 물었다. 안나가 그렇다고 대답했고, 그러자 그 여자는 내게 권총을 갖고 있느냐고 물으면서 말을 맺었다.

"아주 조심해야 해요. 폴란드에서는 악사들에게 총 쏘는 게 금지돼 있다고 말해 주세요."

아침 5시에 우리는 아우슈비츠 집단 수용소로 향했

다. 미국 대표단 단원인 웹스 씨는 독일인들의 진화된 과학적 살육이 역겹다고 밝혔다. 그는 소각로를 보지 않겠다는 조건으로 버스에 탔다. 안나는 조금 늦게 도착했다. 버스에 오르자 그녀는 그날 아침 웹스 씨와 내가 입은 옷을 뚫어지게 보았다. 그녀는 아무 말도 하지 않았다. 웹스 씨는 자리를 바꾸지 않았고, 그래서 그녀는 나와 단둘이 앉았다. 그러자 내 셔츠를 주의 깊게 살펴보더니, 정확하게 이렇게 말했다.

"이게 그 유명한 나일론이군요."

나는 호텔로 돌아가면 셔츠를 선물하겠다고 진심으로 말했고, 그녀의 눈에 어린 표정을 보고 실수했다는 걸 깨달았다. 그녀는 "남자 셔츠잖아요."라고 말했다. 그러고서 계속 말을 이었다. "나일론을 생산하려면 우리는 아직 오 년은 더 있어야 해요." 그녀는 폴란드가 생산할 나일론이 더 저렴하고, 질도 좋을 거라고 확신했다. 그때까지는 나일론을 쓰지 않겠다는 단순한 결심은 국민 존엄성의 일부다. 안나는 세계청년학생축전이 열리는 동안에 몇몇 폴란드 여자애들이 서양 사절단을 불쑥 찾아가 나일론 셔츠와 손목시계를 샀다는 사실을 떠올리며 분노를 참지 못했다. 나는 그녀의 행동에 민족주의가 너무 많이 스며 있는 게 아니냐고 물었다. 그녀는 어깨를 으쓱하면서 말했다.

"그럴지도 모르죠."

아우슈비츠 집단 수용소의 끝도 없는 철망은 온전하게 그대로 있었다. 독일군이 미처 폭파하지 못했기 때문이다. 빈에서 몇 킬로미터 떨어진 곳에 있는 마우트하우젠 수용소보다 더 인상적이었다. 물론 마우트하우젠 수용소처럼 채석장 바닥에서 수용소까지 1200계단으로 이어지는 어마어마한 돌층계는 없다. 바이마르에 있는 부헨발트 강제 수용소의 경우에는 독일군이 다이너마이트로 폭파할 시간이 있었고, 그래서 방문객은 안내자의 지시에 따라 머릿속에서 그 수용소를 재현해야만 했다. 아우슈비츠에서는 그 어떤 것도 원래 있던 자리에서 옮겨지지 않았다. 소각로는 세 개의 방으로 이루어진 시설의 끝방이었다. 첫 번째 방은 20여 개의 샤워기가 있는 조그만 샤워실이다. 국제적십자위원회가 수용소를 점검했을 때, 나치들은 전혀 해롭지 않은 그 방들을 보여 주면서, 그들에게 그곳이 위생적인 시설임을 믿게 했다. 그러나 위원회가 배수관이 없다는 사실을 어떻게 깨닫지 못했는지는 설명할 길이 없다. 그 샤워기에서는 물이 나온 적이 없었고, 대신 독가스가 나왔기 때문이다. 물론 히틀러 정권의 재정 상태가 그런 사치를 감당할 수 있는 동안에만 그랬다. 나중에 그 샤워기에서는 그것과 연결된 화장용 소각로의 연기가 나왔다. 두 번째 방은 냉각실이다. 어느 순간 나치들은 매일 250명을 처형했다고 추산된다. 그래서 소각로만으로는 수요를 감당할 수 없었다. 심지어 겨울에도 시체들은 냉각된 연옥에서 순서를 기다려야 했다. 소각로와 빵 굽는 오븐의 유일한 차이는 방탄 문이 있느냐는 것이다. 아우슈비츠에는 아직도 시체를 불에 태우는 데 사용하던 들것이 있다. 그 작업에는 한 시간이 소요되었다. 마치 부인들이 닭이 노릇노릇하게 구워지기를 기다리면서 카드놀이를 하듯, 소각로 담당자들은 포커 게임을 하면서 그 시간을 보냈다. 차이가 있다면 시체의 연기가 샤워기로 새어 나와 열두 명을 더 질식시켰다는 것이다. 아우슈비츠 구조상 그렇게 진행되었는데, 그건 세 구의 시체가 열두 명을 질식시킬 재료를 제공했기 때문이다.

　나는 주의 깊게 독일 사절단원의 반응을 주시했다. 그는 페로의 동화 주인공 푸른 수염처럼 빨간 수염을 한 조용한 사람이었고, 불 꺼진 파이프 담배를 입술에 줄곧 물고 있었다. 그는 자기와는 관련 없다는 태도로 통역사의 설명을 들었다. 이는 독일인들의 전형적인 행동이다. 그들의 입에서는 나치가 얼마나 잔학했는지에 대한 말이 살짝 새어 나오고, 우리는 그들 앞에서 마음대로 말해도 괜찮다. 그런 말을 들어도 그들은 동요하거나 미안해하지 않기 때문이다. 부다페스트에서 나는 어느 독일인을 보았다. 마침 한 헝가리인이 전략적 상황을 설명하면서, 유럽에서 최고라고 여겨지던 도나우강의 에르제베트 다리를 나치들이 악의적으로 폭파했다고 말했다. 그런데 누군가가 독일인에게 그것에 대해 어떻게 생각하느냐고 묻는 어리석음을 범했다. 그는 쌀쌀맞고 간단하게 "내가 보기에 유감스러운 일입니다."라고 대답했다. 부헨발트 강제 수용소에서 독일인 안내자는 이렇게 말했다. "우리의 불행은 우리가 학살을 조직할 때도 너무나 과학적이었다는 것입니다." 독일에서 보기 드물게 예의 바르고 명랑하며 다정하고, 스페인 사람과 비교될 정도로 친절하며, 소비에트 연방 사람과 비교될 정도로 관대한 민중을 볼 때마다 나는 머리를 쥐어쌌지만, 그래도 집단 수용소를 이해할 수는 없었다. 그리고 집단수용소에서도 머리를 쥐어짰지만, 마찬가지로 독일인들을 이해할 수 없었다.

나치의 잔학한 과학적 방법은 아우슈비츠에서 아주 잘 감지할 수 있다. 나치 친위대 대장인 하인리히 힘러*가 인간 단종 실험을 하던 수술실은 나무랄 데 없이 남아 있다. 인체 파생 물질을 제작하던 실험실도 그대로 있다. 한쪽 문으로 살아 있는 사람이 들어오고 다른 문으로는 인체 찌꺼기가 나갔다. 그 안에는 한 사람의 원재료를 구성하는 모든 게 남아 있었다. 그렇게 인간 가죽 산업, 인간 머리카락 산업, 인간 지방에서 파생된 부산물 산업이 만들어졌다. 오스트리아에서 나는 꽃으로 장식된 엄청나게 큰 소나무 모양의 비누 조각을 보았다. 누군가가 이 비누가 자기 작은아버지라고 생각할 이유는 충분했다. 아우슈비츠에는 이런 물품을 전시하고 있고, 그 사악한 산업은 시장에서 몹시 전망이 밝았음을 알 수 있다. 인간 가죽으로 만든 가방은 최고의 품질을 자랑한다. 나는 사람이 그

---

* 하인리히 루이트폴트 힘러(Heinrich Luitpold Himmler, 1900~1945). SS로 약칭되는 나치 친위대 국가 지도자로서 SS와 게슈타포를 지휘했으며, 유대인 대학살의 실무를 주도한 최고 책임자였다.

토록 많은 분야에 소용이 있으며, 심지어 가방을 만드는 데도 사용된다는 사실을 믿을 수 없었다.

폴란드 사람들은 정확한 수치를 제공하지 않는다. 그들은 그저 보여 주기만 한다. 그런 것들을 보고, 그런 사실을 글로 이야기해야 한다는 걸 알게 되면, 말라파르테* 에게 허락을 구해야만 한다는 사실을 깨닫게 된다. 어느 방의 지붕까지 닿는 거대한 진열장에는 인간의 머리카락이 가득하다. 어느 방에는 손으로 뜬 이름의 첫 글자가 있는 손수건과 신발과 옷, 그리고 죄수들이 환각을 일으키던 그 호텔로 들어올 때 가져왔던 가방들이 가득한데, 그 방에는 아직도 관광호텔 라벨이 붙어 있다. 그리고 어느 진열장에는 굽이 다 닳은 편자가 박힌 어린아이 신발이 가득 들어 있다. 학교에 갈 때 신는 조그만 흰색 장화들과 집단 수용소에서 죽기 전에 소아마비를 이겨 내려고 애쓰면서 신었던 수많은 장화가 있다. 거대한 방에는 보철 기구와 수천 개의 안경과 틀니, 유리 의안, 나무 의

---

* 쿠르치오 말라파르테(Curzio Malaparte, 1898~1957). 이탈리아의 극작가이자 소설가. 대표작으로 사실주의 전쟁 소설 『파멸』과 『가죽』이 있다.

족, 한쪽 손에만 양털 장갑을 낀 수많은 손, 인류의 문제를 고치기 위해 인간이 창의적으로 발명한 모든 장치가 있다.

나는 조용히 방을 지나가던 그 무리에서 떨어져 나왔다. 소리 없는 분노를 되씹고 있었다. 울고 싶었다. 그러고서 더 안쪽에 있는 복도로 들어갔는데, 그 복도의 벽에는 무국적자를 포함한 1만 3000명의 희생자 사진이 걸려 있었다. 수용소에서 풀려난 사람들이 기록 보관소에서 구해 낸 것들이었다. 어느 사진 앞에 안나 코즈웝스키가 서 있었다. 나는 그 사진을 유심히 바라보았다. 머리를 박박 밀고 모진 시선으로 카메라를 응시하는 남자인지 여자인지 알 수 없는 사람이었다.

"남자인가요, 여자인가요?" 나는 물었다.

안나는 나를 쳐다보지 않았다. 잠시 후 나를 문 쪽으로 부드럽게 끌고 가더니 대답했다.

"우리 아버지예요."

바르샤바의 마지막 날 밤에 안나 코즈웝스키는 나를 호텔로 데려갔고, 내게 아주 특별한 영화 포스터들을 갖다주었다. '멕시코 인디오'라는 별명으로 불리는 에밀리

오 페르난데스* 감독의 영화가 바르샤바에서 상영된다는 걸 알리는 포스터였다. 젊은 화가들에게 위탁해서 그린 것이었는데, 이제 원본은 박물관에 있다. 또한 머리카락을 흐트러뜨린 많은 폴란드 사람들도 왔다. 토론할 때 열을 내고, 자본주의자들을 총살해야 하며, 마지막 순간에 값싼 감상주의는 불치의 병이며 인류의 흠이라는 사실을 행동으로 보여 주는 그런 부류들이었다. 기차역으로 가는 자동차에서 아담 바추아벡은 내게 감상적인 말을 털어놓았다. 조금 전까지만 해도 자기는 작별에 둔감한 사람이라고 말하더니. 그는 이렇게 말했다. "아메리카 대륙 사람들과의 작별은 달라요. 당신들은 이곳에 오고, 우리는 당신들을 이후에 다시는 못 보리라는 걸 미리 알고 있지요." 이런 경우 나는 내가 그런 곳에 남아서 살지 않도록 상스러운 말을 내뱉는 습관이 있다. 나는 바로 그렇게 했다. 기차역 플랫폼에서 아담 바추아벡은 반짝거리는 아주 조그만 동전 하나를 내게 주었다. 처음 보는 작은 단위의 폴란

---

* Emilio Fernández(1904~1986). 멕시코 영화 감독이자 배우. '원주민'이라는 별명으로 알려져 있다. 대표작으로 「도망자」, 「용서받지 못한 사람」 등이 있다.

드 동전이었다. 그러면서 이것은 시중에서 유통되지 않는다고, 암시장 판매자들이 그 동전들을 성모 메달로 만들어 더 비싼 가격에 팔았기 때문이라고 설명했다. 그런 사실을 진작 알았더라면 나는 여행을 24시간 연기했을 테지만, 이제는 그럴 수 없었다. 내 비자가 만료되었기 때문이다.

"그러니까 폴란드에 암시장이 있다는 말인가요?" 나는 물었다.

"국제 암시장이죠." 아담 바추아벡은 대답하면서, 그 순간 출발하고 있던 기차 옆으로 걸었다. "우리의 커다란 문제 중 하나예요."

새벽 4시에 객차 칸막이 방이자 침대칸 문을 두드리는 소리가 났다. 세관원이었다. 세관원은 내게 폴란드어로 말했고, 나는 알아듣지 못한다고 손짓하고서 여권을 건네주었다. 그는 아무 문제가 없다는 걸 확인하고서 다시 질문했다. 위층 침대에서 여행하던 승객이 내게 스페인어로 통역해 주었다. "세관원이 폴란드 돈을 소지하고 있지 않으냐고 묻고 있어요." 나는 없다고 말했다. 그때 취재비로 받은 200즈워티가 떠올랐다. 해외로 가지고 나갈 수 없었기에 오 분 후면 그 돈은 아무짝에도 쓸모가 없어

질 게 분명했다. 난 그 돈을 세관원에게 주었다.

"우리는 이 돈을 압수할 권한이 없습니다." 그는 위층 침대의 통역사를 통해 내게 말했다. "폴란드를 떠나기 전에 사용해야 합니다."

하지만 그럴 시간이 없었다. 그는 기차역 식당이 열려 있으니, 그곳에서 내게 필요한 물건을 사다 줄 수 있다고 말했다. 그러나 무엇이 필요한지 얼른 떠오르지 않았다. 그는 다시 한번 말했고, 나는 내가 그의 시간을 빼앗고 있다는 걸 알았다.

"담배 사다 주십시오." 나는 말했다.

십 분 후 그는 배꼽을 잡고 웃으면서 돌아왔다. 그는 객실 칸막이 방 안쪽으로 담배 두 꾸러미를 밀었다. 200갑이었다. 통역해 주는 사람은 내게 그 돈이면 사진기 하나를 살 수도 있었다고 알려 주었다. 나는 잠을 자려고 했지만, 세관원은 계속 그곳에 남아 수령 대장에 뭔가를 썼다. 그러고서 영수증을 건네주었다. 나는 담배 수출세를 지급해야만 했다.

나는 내가 가진 유일한 폴란드 자산은 담배라고 설명했다. 그러자 세관원과 통역사가 대화를 주고받았다. 세관원은 생각에 잠기더니 이렇게 말했다. "담배로는 세금을 받을 수 없습니다. 그러나 내가 당신에게 스무 갑을 사겠어요. 세금이 그 값에 해당하니까요." 나는 스무 갑을 세서 그에게 건네주었다. 그는 내게 돈을 지급했고, 나는 그에게 20즈워티를 돌려주었다. 그런 다음 열려 있던 꾸러미를 문으로 밀었고, 그에게 기념으로 피우라고 말했다. 그는 그건 수출한 상품이기에 받을 수 없다고 대답했다. 나는 그 상황이 너무나 흥미롭고 재미있어서, 계속 그 상황을 따르기로 마음먹었다. 그러고서 그가 내게 구매한 스무 갑은 밀수로 폴란드로 돌아갔다는 사실을 알려 주었다. 그는 어깨를 으쓱했다.

"그럼 한 갑만 받겠습니다." 그가 말했다.

나는 한 갑을 주었다. 세관원은 내게 성냥을 주었고, 즐거운 여행이 되라면서 작별 인사를 했다. 두 시간 후 담배 두 꾸러미는 체코슬로바키아에서 압수되었다. 내가 체코슬로바키아 화폐인 코루나를 갖고 있지 않아서 수입 관세를 낼 수 없었기 때문이었다.

소비에트 연방:
2240만
제곱킬로미터 안에
코카콜라 광고판이
하나도 없는 곳

우리는 정해진 시간도 없이 드문드문 다니는 기차를 타고서 살아 있는 것은 아무것도 보지 못한 채 여러 시간을 보냈다. 여름 날씨라 숨이 턱턱 막혔다. 한 아이와 소 한 마리가 선 채로 우리처럼 멍한 상태로 우리가 지나가는 걸 바라보았다. 곧 담배와 해바라기를 심은 끝없는 들판 위쪽으로 해가 지기 시작했다. 프라하에서 나와 합류한 프랑코는 차창 유리를 내렸고, 내게 황금빛 하늘의 머나먼 광채를 보여 주었다. 우리는 소비에트 연방에 있었다. 기차가 멈추었다. 철길 옆 땅에서 해치가 열렸고, 소형 기관총을 든 한 무리의 병사들이 해바라기 사이로 모습을 드러냈다. 우리는 그 해치가 어디로 향하는지 확인할 수 없었다. 사격 연습을 위한 과녁이 있었고, 그 나무판에는 어디선가 오려 낸 인간의 형상이 걸려 있었지만, 근처에는 어떤 건물도 없었다. 그곳에 지하 부대가 있다는 것 외에는 그럴듯하게 설명할 수 있는 말이 없었다.

군인들은 객차의 축에 아무도 숨어 있지 않다는 걸 확인했다. 두 장교가 올라와 여권과 세계청년학생축전 초청장을 검사했다. 그리고 꼼꼼하고 신중하게 우리를 여러 번 쳐다보았고, 마침내 여권 사진과 우리의 얼굴이 비슷하다는 걸 확인했다. 유럽의 국경에서 유일하게 그런 기본적인 예방 조치를 취하는 곳이다.

국경에서 몇 킬로미터 떨어진 초프*는 소비에트 연방에서 가장 서쪽에 있는 마을이다. 이미 일주일 전에 마지막 사절단들이 지나갔는데도 기차역은 아직도 어디선가 오려 낸 평화의 비둘기와 여러 언어로 쓴 화합과 우정의 간판들, 그리고 만국기로 장식되어 있었다. 통역사들은 우리를 기다리지 않았다. 파란 제복을 입은 어느 젊은 여자가 마을을 한 바퀴 돌아보고 와도 좋다고 알려 주었다. 그러면서 모스크바행 기차는 밤 9시에 떠날 거라고 덧

---

* 우크라이나 서부의 도시로, 헝가리-슬로바키아 국경 인근에 위치한다.

붙였다. 내 시계는 저녁 6시를 가리키고 있었다. 그러고는 기차역 시계에서 실제로는 밤 8시라는 사실을 확인했다. 내 시계는 파리 시각을 가리키고 있었고, 두 시간을 앞으로 돌려서 소비에트 연방의 공식 시각과 맞춰야 했다. 보고타 시각으로는 낮 12시였다.

기차역의 중앙 홀에, 그러니까 마을 광장으로 직접 향하는 정문 양쪽에는 전신 석상이 두 개 있었다. 은색 니스를 갓 칠한 것으로, 사복을 입은 매우 순종적인 태도의 레닌과 스탈린이었다. 러시아 알파벳 때문에 내 눈에는 광고판 글자들이 조각조각 떨어지는 듯 보였고, 그래서 쓰러지고 있다는 느낌을 받았다. 어느 프랑스 여자는 사람들의 가난한 모습에 충격을 받았다. 그러나 나는 그들이 특별히 옷을 못 입었다고 생각하지는 않았다. 분명 그건 이미 내가 한 달 넘게 철의 장막을 돌아다니고 있기 때문일 터였다. 반면에 그 여자는 즉각적인 반응을 경험하고 있었는데, 그것은 바로 내가 동독에서 느꼈던 것과 똑같은 경험이었다.

광장 한가운데의 시멘트 분수 주변에는 울긋불긋한 정원이 잘 가꿔져 있었다. 군인 몇 명이 아이들과 함께 산책을 하고 있었다. 해 질 녘이었다. 밝은 원색으로 갓 칠한 벽돌집 난간과 진열창 없는 가게의 문에서 사람들은 음료수를 마시고 있었다. 먹을 것을 들고 가방과 자루를 짊어진 한 무리의 사람들이 음료수 수레 앞에서 음료수 한 잔을 받으려고 순서를 기다리고 있었다. 시골 분위기였다. 시골의 그런 궁핍함 때문에 나는 그곳에서 열 시간 시차가 나는 콜롬비아 시골 마을과 별 차이를 느끼지 못했다. 마치 세상이 생각보다 더 둥글고, 보고타에서 서쪽으로 1만 5000킬로미터를 여행하면 또 다른 톨리마의 마을에 도착한다는 사실을 확인시켜 주는 것 같았다.

소비에트 연방의 기차는 9시 정각에 도착했다. 예정대로 십일 분 후에 기차역 확성기에서 국가가 울려 퍼졌고, 기차는 출발했다. 사람들은 난간에서 손수건을 흔들고 소리치면서 우리와 작별했다. 유럽에서 가장 편안한 객차였다. 각 칸막이 안은 개인 객실로, 두 개의 침대와 버튼 하나만 있는 라디오 수신기, 그리고 램프가 있었고, 나이트테이블 위에는 꽃병이 놓여 있었다. 객실은 등급 구분 없이 한 종류다. 싸구려 가방과 강아지, 식량이 든 꾸러미들과 옷가지들, 그리고 사람들의 가난한 모습은 호화로

우며 꼼꼼하게 청소한 객실과 눈에 띄게 대조를 이룬다. 가족과 여행하는 군인들은 군화와 군복을 벗고 속셔츠와 실내화 차림으로 복도를 돌아다녔다. 나중에 나는 소비에트 연방 군인들은 체코 군인들처럼 순박하고 가정적이며 인간적인 습관을 지니고 있다는 걸 확인하게 되었다.

오로지 프랑스 기차만이 소비에트 연방의 기차들처럼 정확하게 운행한다. 우리 칸막이 안에는 3개 언어로 인쇄된 시간표가 붙어 있었는데, 그대로 정확하게 시간을 지켰다. 철도 회사가 외국 사절단에게 깊은 인상을 주려고 시간표를 재조정했을 수도 있다. 그러나 그럴 가능성은 크지 않다. 서양 방문객들에게 충격을 주었던 더 중요한 것이 있지만, 비밀로 다뤄지거나 숨겨지지 않았다. 그런 것 중 하나가 버튼이 하나뿐인 라디오 수신기였다. 바로 모스크바 라디오 방송을 듣는 버튼이었다. 소비에트 연방에서 라디오는 매우 싸지만, 청취자의 자유는 제한되어서 모스크바 라디오 방송을 듣거나 아니면 라디오를 사용하지 않는 방법뿐이다.

소비에트 연방에서는 기차가 이동용 호텔이라고 말하는 것도 무리는 아니다. 그곳 영토는 사람들이 상상하기 어려울 정도로 광대하기 때문이다. 초프에서 모스크바로 가는 여행은 무한하게 펼쳐진 밀밭과 우크라이나의 가난한 마을들을 지나지만, 48시간이 소요되는 그 노선은 가장 짧은 것 중 하나다. 태평양 해안에 있는 도시 블라디보스토크에서는 매주 월요일에 특급 열차가 출발하여 일요일 밤에 모스크바에 도착한다. 운행 거리는 적도에서 남극 혹은 북극까지의 거리와 같다. 축치반도*가 오전 5시면, 시베리아의 바이칼 호수는 자정이다. 한편 모스크바는 아직 전날 저녁 7시다. 이런 사실은 소비에트 연방이라는 드러누운 모양의 국가가 얼마나 거대한지 대략 짐작하게 해 준다. 그곳에서는 105개의 언어가 사용되고, 국민의 수는 2억 명이다. 무수히 많은 민족이 있는데, 어느 민족은 한 마을에만 살고, 다게스탄의 조그만 지역에는 20개가 넘는 민족이 있으며, 몇몇은 아직도 어디에 살고 있는지조차 모른다. 그리고 영토는 미국의 세 배로, 유럽의 반을 차지하고, 아시아의 3분의 1이며, 총면적은 2240만 제곱킬로미터에 달한다. 요컨대 세계의 6분의 1을 차지하는

* 아시아의 북동쪽 끝으로, 러시아의 극동 지방에 위치한다.

데, 거기에는 코카콜라 광고판이 단 한 개도 없다.

이 어마어마한 규모는 국경을 통과할 때부터 느껴진다. 토지는 개인 소유물이 아니기에 경계를 가르는 울타리는 없다. 그래서 가시 철조망 생산은 소비에트 연방의 통계에 나타나지 않는다. 우리는 다른 세계, 그러니까 사물이 인간이 상상할 수 있는 규모로 이루어지지 않은 곳에 존재하는, 도달할 수 없는 지평선을 향해 여행하고 있다는 느낌을 받는다. 그런 나라를 이해하려면 크기나 규모에 대한 감각을 완전히 바꿔야 한다. 사람들은 기차에 자리를 잡고 살아간다. 거리로 인한 정신적 혼란을 경험하지 않고, 그리고 자살에 이끌릴 수도 있는 공허하고 무의미한 시간에 절망하지 않고 여행하는 유일한 방법, 그러니까 가장 합당한 유일한 자세는 수직 자세이다. 중요한 도시의 역에는 구급차가 대기한다. 의사 한 명과 간호사 두 명으로 구성된 의료 팀은 기차에 올라 환자들을 보살핀다. 전염병 증세를 보이는 사람들은 즉시 병원으로 옮겨져 입원한다. 그런 경우 전염병이 퍼지지 않도록 기차를 소독해야만 한다.

밤에는 참을 수 없는 썩은 냄새 때문에 잠에서 깼다. 어둠을 헤치고 설명할 수 없는 악취의 근원을 확인하려고 했지만, 우크라이나의 헤아릴 수 없는 밤에는 한 줄기 희미한 불빛도 없었다. 나는 쿠르치오 말라파르테가 그 냄새를 감지했고, 그것을 범죄로 설명했다고 생각했다. 그것은 그의 작품에서 유명한 일화다. 나중에 소비에트 사람들이 그 냄새에 대해 말해 줬지만, 아무도 그 냄새의 원인을 설명하지는 못했다.

다음 날 아침에도 우리는 아직 우크라이나를 벗어나지 못했다. 전 세계의 우정을 기리기 위해 장식된 마을들에서는 농민들이 기차에 손을 흔들어 인사했다. 유명 인사를 기리는 기념물 대신 꽃으로 장식된 광장에는 노동과 우정과 건강을 상징하는 동상이 있었다. 모두 사회주의적 사실주의라는 스탈린의 조악한 개념으로 제작된 것이다. 다시 말하면, 너무 사실주의적 색깔로 칠해서 사실적이지 않아 보이는, 실제 인간의 크기로 제작된 인간의 모습이다. 그 동상들은 얼마 전에 다시 칠해진 게 분명했다. 마을들은 명랑하며 깨끗해 보였지만, 들판에 흩어진 집들, 그리고 그런 집에 딸린 물레방아와 가축우리의 닭과 돼지와 함께 뒤집힌 수레들을 비롯한 흙벽과 초가지붕은 고전 문학에 따르면 가난하고 슬픈 모습이었다.

러시아 문학과 영화는 우리의 기차 차창으로 지나가면서 사라지는 삶의 모습을 재현했다. 그 충실성은 감탄할 만하다. 나이 들고 건강하고 남성 같은 여자들은 머리에 붉은 손수건을 두르고 무릎까지 오는 장화를 신고서 남자들과 경쟁하듯이 땅을 일군다. 기차가 지나가면 농기구를 들어 인사했고, 우리에게 "다스비다니야.(잘 가세요.)"라고 작별 인사를 외쳤다. 머리를 꽃으로 장식한 힘센 짐말이 끄는 크고 느릿느릿한 건초 수레에 올라탄 아이들도 똑같이 소리쳤다.

기차역에는 아주 좋은 천으로 만든 원색의 파자마를 입은 남자들이 산책을 했다. 나는 처음에 그들이 우리와 함께 기차를 타고 가던 동료들이며, 다리를 펴서 움직이려고 내렸다고 생각했다. 하지만 그들은 도시 주민이며, 기차를 맞이하러 나온 사람들이었다. 그들은 아무 시간에나 자연스럽게 파자마를 입고 거리를 걸어 다녔다. 그것이 여름의 전통적인 습관이라고 했다. 그러나 이 나라의 파자마의 질이 왜 일상복보다 더 뛰어난지는 듣지 못했다.

식당 칸에서 우리는 처음으로 소비에트 점심을 먹었
다. 강한 소스가 뒤범벅되어 화려한 색깔을 띠고 있었다.
아침 식사부터 철갑상어 알이 나온 세계청년학생축전에
서 의료 봉사단은 서양 사절단에게 그 소스에 가라앉은
간을 남기지 말라고 가르쳐 줬다. 음식은 물이나 우유와
함께 먹었는데, 그 때문에 프랑스 사람들은 기겁했다. 디
저트가 없어서 — 제과와 관련된 모든 재능과 창의력을
건축에 적용했기 때문에 — 점심이 절대 끝나지 않으리
라는 인상을 받았다. 커피가 아주 형편없어서 소비에트
사람들은 커피 대신 한 잔의 차로 식사를 마감한다. 또한
시간을 가리지 않고 차를 마신다. 모스크바의 훌륭한 호
텔에서는 시적인 자질이 풍부한 중국 차를 준다. 그 차는
아주 미묘하고 섬세한 향내를 풍겨서 머리에 쏟아 버리고
싶은 마음이 든다. 식당 칸의 어느 관리는 영어 사전을 들
춰 가면서 우리에게 차는 이백 년을 자랑하는 러시아 전
통이라고 말했다.

옆 테이블에서는 스페인의 스페인어 억양으로 스페
인어를 완벽하게 말하고 있었다. 1937년에 소비에트 연
방은 스페인 내전으로 생긴 3만 2000명의 고아를 수용했

는데, 그는 그들 중 하나였다. 그들 대부분은 결혼해서 아이를 낳고 가정을 꾸렸고, 이제는 직업인으로서 소비에트 국가에 봉사한다. 그들은 두 국적 중 하나를 고를 수 있다. 여섯 살 때 도착한 어느 젊은 여자는 지금 모스크바에서 예심 판사로 일한다. 이 년 전에 3000명이 넘는 내전 고아들이 스페인으로 돌아갔지만, 적응에 상당한 어려움을 겪었다. 소비에트 연방에서 가장 높은 보수를 받는 전문직 노동자들은 스페인 노동 제도에 어떻게 적응해야 할지 방법을 찾지 못했다. 몇몇은 정치적 문제로 곤란을 당하기도 했다. 이제 그들은 소비에트 연방으로 다시 돌아오고 있다.

우리의 여행 동료는 러시아인 아내와 일곱 살 먹은 딸과 함께 마드리드에서 오던 중이었다. 그의 딸도 그처럼 두 언어를 완벽하게 구사했다. 그는 소비에트 연방에 정착할 의사가 확실했다. 스페인 국적을 유지하고 있고 스페인에 대해, 그러니까 변치 않는 스페인어 표현인 "자, 가자!(Vamos!)"를 사용하며, 일반 스페인 사람보다 더 애국적으로 스페인을 찬양하고, 천한 말을 더 많이 사용한다. 하지만 그는 프랑코 체제 아래서 어떻게 살아갈 수 있는

지 이해하지 못한다. 그러나 스탈린 체제 아래서는 충분
히 살 수 있다고 생각했다.

　그가 주었던 정보 중 많은 부분은 같은 상황에 있던
다른 스페인 사람들에 의해 나중에 확인되었다. 그들은
모국어를 잊지 않도록 초등학교 6학년까지 스페인어로
교육받았다. 그리고 스페인 문화에 대한 특별 강의를 들
었으며, 그렇게 애국적 열정을 품게 되었고, 그래서 모두
가 그런 열정을 뜨겁게 드러낸다. 스페인어는 모스크바에
서 가장 많이 사용되는 외국어인데, 그런 현상 중 일부는
그들의 영향이 크다. 우리는 그들이 다른 많은 사람과 뒤
섞여 살고 있다는 걸 알았다. 우리는 스페인어를 말하던
사람들에게 다가갔다. 그들은 대부분 자기 운명에 만족한
다고 말했다. 그러나 모두가 똑같은 확신을 가지고 소비
에트 체제를 언급하지는 않았다. 우리는 그들에게 왜 스
페인으로 돌아갔었는지 물었고, 몇 명은 큰 확신 없이, 하
지만 아주 스페인식으로 대답했다. "핏줄의 부름이죠." 다
른 사람들은 단순한 호기심 때문이었다고 인정했다. 가장
말이 많은 사람은 스페인 사람들이 자신들을 별로 믿지
않았다는 걸 이용해서 스탈린 시대를 불안한 마음으로 떠

올렸다. 내가 보기에 그들은 최근 몇 년 사이에 상황이 바꿔었다는 사실에 동의하는 것 같았다. 그들 중 하나는 가방에 숨어 소비에트 연방을 탈출하려다가 발각되는 바람에 오 년 동안 감방에 있었다고 밝혔다.

키이우에 도착하자 사람들이 국가를 부르고 꽃을 뿌리며 깃발을 흔드는 등 요란하게 우리를 환영해 주었다. 그리고 보름 동안 달궈진 따뜻한 서양어 단어도 몇 마디들을 수 있었다. 우리는 어디서 레모네이드를 살 수 있는지 알려 달라고 손짓과 발짓으로 전달했다. 그것은 마치 마법 지팡이와도 같았다. 사방에서 레모네이드와 담배, 초콜릿이 축전 배지와 사인첩과 뒤엉켜 우리에게 떨어졌다. 그 형언할 수 없는 열의 중 가장 존경스럽고 경탄할 만한 것은 첫 사절단들이 보름 전에 지나갔다는 사실이었다. 우리가 도착하기 전에, 그러니까 보름 동안 서양 사절단을 실은 기차는 두 시간 간격으로 키이우를 지나갔다. 그런데도 군중은 피곤하거나 지친 기색을 전혀 보이지 않았다. 기차가 출발했을 때, 우리의 셔츠 단추는 이미 여러 개 뜯겨 나가 있었고, 차창으로 던진 꽃이 너무 많아서 우리는 겨우 칸막이 안으로 들어갈 수 있었다. 마치 미친 사람들의 나라로 침투한 것 같았다. 심지어 열의와 관대함도 일상적인 차원을 상실한 듯 보였다.

나는 독일 대표단 중 한 사람을 만났는데, 그는 우크라이나의 어느 역에서 러시아 자전거를 입이 마르도록 칭찬했다. 소비에트 연방에서 자전거는 아주 귀하고 비싸다. 칭찬받은 자전거의 주인인 젊은 여자는 그 독일인에게 자전거를 선물로 주겠다고 말했다. 그는 안 된다며 반대했다. 그러나 기차가 출발하는 순간 그 여자는 군중의 도움을 받아 객차 안으로 자전거를 던졌고, 그것은 뜻하지 않게 대표단 단원의 머리에 부딪혔다. 덕분에 모스크바에서는 아주 멋진 광경이 만들어졌는데, 이는 세계청년학생축전에서 아주 익숙한 장면이 되었다. 바로 머리에 붕대를 감은 독일인이 자전거를 타고 도시를 돌아다니는 광경이었다.

소비에트 사람들이 선물을 하느라 무일푼이 되지 않도록 우리는 아주 신중하게 처신해야 했다. 그들은 모든 걸 선물했다. 비싼 것들도 있었고 쓸모없는 것들도 있었다. 우크라이나의 어느 마을에서는 나이 든 여자가 군중을 헤치고 와서 내게 조그만 빗을 선물했다. 순전히 선물 하는 걸 좋아해서 한 것이었다. 우리가 모스크바에서 아이스크림을 사려고 걸음을 멈추면, 콘 과자와 초콜릿을 포함해 아이스크림콘 스무 개를 먹어야만 했다. 공공시설에서 돈을 내는 건 불가능한 일이었다. 이미 옆 테이블에 앉아 있던 사람들이 지급했기 때문이다. 어느 날 밤 한 남자가 프랑코의 걸음을 멈추고서 악수를 하더니, 손에 차르 시절에 쓰던 값비싼 동전 하나를 쥐여 주었다. 고맙다는 말을 하고 싶어도 걸음조차 멈추지 않았다. 극장 문 앞에 모인 인파 속에서 어느 여자는 대표단 단원의 셔츠 주머니 속에 25루블짜리 지폐 한 장을 넣어 주고서 다시는 모습을 보이지 않았다. 나는 사람들의 그런 과도한 관대함이 대표단원들에게 깊은 인상을 주려는 정부의 지시를 따른 거라고는 생각하지 않는다. 확인이 불가능하지만 사실은 그럴 수도 있다. 그렇다 하더라도 소비에트 정부는 민중이 지시를 충실히 따른다는 걸 자랑스러워할 것이다.

우크라이나의 마을에는 과일 시장이 있었다. 흰옷을 입고 머리에 흰 보자기를 두른 여자들이 긴 나무 가판대에서 즐겁고 명랑하게 박자를 맞추며 과일을 팔고 있었다. 나는 그것이 세계청년학생축전 때문에 연출된 민속적인 장면이라고 생각했다. 해가 질 무렵 기차가 그런 마을 중 하나에 멈추었고, 우리는 우리를 환영하는 무리가 없는 걸 이용해 기차에서 내려 다리를 펴려고 했다. 그런데 어느 청년이 다가와서 우리에게 우리 나라의 동전이 있으면 달라고 했다가, 우리 셔츠에 달린 마지막 단추만으로 만족했다. 그러더니 우리를 과일 시장으로 초대했다. 우리는 어느 여자 앞에 섰지만, 다른 여자들은 멈추지 않고 계속 시끄럽게 알아들을 수 없는 소리를 외쳤다. 게다가 손뼉을 치면서 큰 소리로 물건을 팔았다. 청년은 우리에게 집단 농장의 판매자들이라고 설명했다. 그러면서 아주 자랑스럽게, 하지만 또한 너무나도 정치적 의도를 분명히 드러내면서, 그 여자들은 경쟁하고 있지 않다고, 상품이 집단 소유이기 때문이라고 강조했다. 나는 그의 표정이 어떻게 바뀌는지 보려고 콜롬비아도 마찬가지라고 말했다. 그러자 그 청년은 얼어붙었다.

모스크바 도착은 다음 날 9시 2분으로 예정되어 있었다. 8시부터 우리는 변두리의 빽빽한 공장 지대를 지나가기 시작했다. 그런 풍경을 보자 모스크바가 가까워졌다는 생각에 가슴이 두근거리면서도 조금씩 불쾌한 기분이 커졌다. 모스크바가 언제 시작되는지는 전혀 알 수 없다. 불분명한 어느 순간에 갑자기 우리는 숲이 없으며, 초록색은 상상의 모험처럼 기억된다는 걸 알게 된다. 기차의 끝없는 기적 소리가 복잡하게 뒤엉킨 고압선과 경고판, 재앙이 일어날 것처럼 불안하게 흔들리는 두꺼운 벽 사이로 파고들고, 우리는 고향에서 끔찍하게 멀리 떨어져 있음을 느낀다. 그런 다음 죽음 같은 고요가 이어진다. 가난하고 좁은 뒷골목으로 텅 빈 버스가 지나갔고, 어느 여자가 창문으로 내다보고서 입을 열린 채 기차가 지나가는 걸 바라보았다. 선명하고 평평한 지평선에, 마치 사진을 확대한 것처럼 대학 본관이 우뚝 서 있었다.

모스크바:
세상에서
가장 큰 마을

세상에서 가장 큰 마을인 모스크바는 인간의 차원으로 만들어진 곳이 아니다. 지겹고 압도적이며 나무가 없는 마을이다. 건물은 우크라이나 마을의 조그만 집과 똑같지만, 그것이 초인적인 규모로 확장돼 있다. 그것은 똑같은 공사장 인부들에게 더 많은 공간과 더 많은 돈과 더 많은 시간을 주어 자신 없는 장식 감각을 발전시킨 것과도 같다. 시내 한복판에는 빨랫줄에 옷을 걸어 말리는 시골집 마당이 있고, 아이들에게 젖을 주는 여자들 모습도 보인다. 심지어 그런 시골 공간도 규모와 차원이 다르다. 모스크바의 3층짜리 허름한 주택은 서방 세계 도시의 5층짜리 공공건물보다 높으며, 의심할 나위 없이 더 비싸고, 더 육중하며, 더 멋진 장관을 연출한다. 어떤 건물들은 단순히 기계로 수를 놓은 듯 보인다. 온통 대리석이라 유리창이 들어갈 틈도 놔두지 않은 것 같다. 가게는 보이지 않는다. 국영 상점의 얼마 안 되는 진열창은 보잘것없고 살풍경하며, 과자 모양의 위압적인 건물 속에서 제대로 보이지도 않는다. 보행자들에게 할당된 널찍한 공간으로는 많은 사람이 억수로 쏟아지는 용암처럼 압도적이면서도 느릿느릿하게 걸어 다닌다. 나를 호텔로 데려다주던 자동차가 고리키 대로의 무한한 광경을 보여 주는 모험을 감행했을 때 나는 달에 처음 착륙해서 느꼈을 법한 형언할 수 없는 감정을 경험했다. 나는 모스크바를 다 채우려면 사람이 적어도 2000만 명은 필요할 거라고 말했다. 그러자 통역사는 겸손하게 500만 명이 있을 뿐이며, 가장 심각한 문제는 주택 부족이라고 확인해 주었다.

작고 수수한 거리는 없다. 대로들은 단 하나의 체계로 이뤄지는데, 이 길들은 모스크바의 지리적, 정치적 중심지이자 연애의 중심지인 '붉은 광장'으로 모인다. 교통은 자전거가 다니지는 않지만, 엉망진창으로 뒤범벅되어서 마치 미쳐 버린 도시를 보는 것 같다. 우루과이 대사의 최신형 캐딜락 — 미국 대사의 차는 오래된 모델이다 — 은

회색 계열의 러시아 자동차와 대조를 이룬다. 그것은 전후 미국 자동차 모델을 복제한 것으로, 소비에트 사람들은 이 차를 마치 말이 끄는 짐수레처럼 운전한다. 아마도 그건 삼두마차의 전통인 게 분명하다. 그것들은 대로 한쪽으로 무리를 이루어 펄쩍펄쩍 뛰면서 엄청난 속도로 주변부에서 중심지로 굴러간다. 그러다가 갑자기 멈추고는 신호등 주위를 돌고서, 대로의 다른 쪽, 즉 반대 방향으로 재갈이 풀린 듯 마구 달린다. 중심지에 도착해야만 방사상 차량 흐름에 합류할 수 있다. 교통 체계에 대한 설명을 듣고서야 비로소 우리는 왜 어느 곳이든 도착하려면 한 시간 이상이 필요한지 이해할 수 있었다. 때때로 자동차를 타고서 반대편 차로로 가려면 1킬로미터를 돌아가야 한다.

　유럽에서 가장 인구 밀도가 높은 이곳 모스크바의 시민들은 황당한 규모와 차원에 그리 놀라는 것 같지 않다. 기차역에서 우리는 세계청년학생축전과 상관없이 자신의 삶을 그대로 살아가는 모스크바 군중을 만났다. 기차를 탈 수 있도록 플랫폼이 열리는 동안 그들은 울타리 뒤로 발 디딜 틈도 없이 가득 모여 있었고, 마치 가축 떼를 기다리듯이 둔하고 무의식적으로, 그리고 순전히 본능적으로 기다렸다. 계급의 소멸은 가장 인상적인 흔적이다. 사람들은 모두 평등하다. 모두 같은 수준으로 낡고 형편없이 재단된 옷을 입고, 조악한 신발을 신고 다닌다. 서두르지 않고, 서로 밀치지도 않으며, 시간에 구애받지 않고 느긋하게 살아가는 것 같다. 얼빠지고 착하며 건전한 마을 사람들과 똑같다. 차이가 있다면 조그만 마을이 엄청난 크기로 확장되었다는 것이다. 어느 영국 대표단원은 이렇게 말했다. "모스크바에 도착한 이후 나는 돋보기 너머에 있다는 인상을 받아요." 모스크바 사람들과 대화할 때, 그러니까 그들을 개인으로 접할 때에야 비로소 우리는 그 한가롭고 느릿느릿한 군중이 전혀 공통점이 없는 남자와 여자와 아이로 구성되어 있다는 사실을 깨닫는다.

엄청나게 커다란 초상화들은 스탈린의 발명품이 아니다. 아주 오래전부터 전해 온 러시아 사람들의 심리, 즉 규모와 양에 대한 본능이라고 봐야 한다. 9만 2000명에 달하는 외국인과 국내 관광객이 일주일 사이에 모스크바에 도착했다. 기차가 그 엄청나게 많은 승객을 실어 날랐지만, 아무 사고도 일어나지 않았다. 1만 4000명의 통역사들은 정확한 순간에 정확한 장소에 있으면서, 구체적인 지시를 받아 혼란을 막았다. 모든 외국인은 특별한 영접이 준비되었다고 확신할 수 있었다. 물자나 의료 체계, 시내 교통은 전혀 불편하지 않았고, 행사 진행에도 아무 문제가 없었다. 그 어떤 대표단원도 개인적인 지시를 받지 않았다. 마치 각자가 아무런 제한도 없고 통제도 없이 스스로 행동하는 듯 보였고, 그래서 그것이 복잡하고 미묘한 체계의 일부라는 사실을 알 수 없었다. 금주법이 시행되었다. 각 대표단에게는 단원들 수에 비례하여 버스가 배정되었다. 모두 2300대였다. 교통 체증도 없었고, 일반교통도 통제하지 않았다. 게다가 외국 참석자들에겐 러시아어로 음성을 적은 이름과 국적, 그리고 모스크바에서의 주소가 적힌 명찰이 발부되었는데, 이것으로 모든 대중교통 차량을 무료로 탑승할 수 있었다. 그 어느 단원도 몇 시에 잠들어야 한다고 지시받지 않았다. 그러나 밤 12시 정각이 되면 모든 시설이 문을 닫았다. 그리고 1시에는 운송수단이 멈추었고, 모스크바는 아무도 없는 황량한 도시로 바뀌었다.

나는 그 시간 후에 무슨 일이 일어나는지 보는 행운을

누렸다. 어느 날 밤 나는 마지막 지하철을 놓쳤다. 우리 호텔은 붉은 광장에서 버스로 45분 거리에 있었다. 나는 그곳을 걷고 있던 어느 젊은 여자에게 다가갔다. 새벽 2시에 그녀는 모스크바에서 플라스틱으로 만든 많은 거북이를 갖고 있었다! 그녀는 내게 택시를 타라고 알려 주었다. 나는 그녀에게 프랑스 돈만 가지고 있으며, 그 시간에는 축전 명찰도 아무 소용이 없음을 알려 주었다. 그러자 그녀는 내게 50루블을 주고서 어디서 택시를 탈 수 있는지 가르쳐 주었고, 플라스틱 거북이 하나를 기념으로 선사했다. 이후로는 그녀를 다시 만날 수 없었다. 피로 물든 것처럼 보이는 도시에서 나는 두 시간 동안 택시를 기다렸다. 마침내 나는 경찰 지서를 보았고 그리로 가서 내 명찰을 보여 주었다. 그러자 경찰관은 내게 죽 늘어선 벤치에 앉아 있으라고 손짓으로 말했다. 그곳에는 술에 취해 정신이 없는 러시아 사람들이 꾸벅거리며 졸고 있었다. 그러고서 경찰관은 내 명찰을 보관했다. 잠시 후 그는 우리를 순찰차에 태웠고, 두 시간 동안 시내 곳곳을 돌면서 경찰 지서에 모여 있던 술 취한 사람들을 내려 주었다. 경찰은 대문을 두드렸다. 그리고 책임을 질 수 있는 사람이 나와야 술 취한 사람을 인도했다. 깊이 잠들던 나는 갑자기 내 이름을 부르는 목소리를 듣고 잠에서 깼다. 친구들이 부르듯이 완벽하고 친숙하게 나를 부른 사람은 경찰관이었다. 그는 내 이름의 음성이 완벽하게 적혀 있던 명찰을 돌려주었고, 우리가 호텔 앞에 있다고 알려 주었다. 나는 "스파시바.(감사합니다.)"라고 말했다. 그는 내게 부동자세로 경례하고는 "파잘 루이스타.(천만에요.)"라고 짧게 대답했다.

질서는 완벽했다. 보이지 않는 권력이 이끌고 있었다. 경기장은 12만 명을 수용한다. 축전 폐막식이 열리는 밤에 대표단원들은 대부분 한 시간 정도 지속된 행사에 참석했다. 낮에 거리를 돌아다니던 많은 사람이 색색의 풍선을 선물했다. 대표단원들은 너무나 좋아하면서 풍선을 들고 다녔고, 저녁 식사 전에 폐막식이 치러졌기에 풍선을 들고 경기장에 갔다. 계단석은 저녁 7시에 가득 찼다. 행사는 8시에 시작했고, 밤 10시가 되자 경기장은 또다시 텅 비면서 닫혔다. 잠시도 혼란스럽지 않았다. 통역사들은 뒤섞인 관중 사이로 경찰 통제선도 없는데 놀라울 정도로 질서 있게 길을 텄고, 대표단원들에게 "이리로 오십시오."라고 말했다. 대표단원들은 색색의 풍선을 들고 그곳으로 따라갔다. 폐막식 행사에서 3000명의 운동선수들이 장관을 연출했다. 끝날 무렵 400명의 단원으로 이루어진 밴드가 공산당 청년 연맹의 찬가를 연주했고, 소비에트 연방 대표단의 계단석에서는 풍선이 날아오르기 시작했다. 그러자 경기장 전체가 똑같이 했다. 도시의 동서남북 끝에서 비추는 대공 탐조등으로 환하게 빛나던 모스크바의 하늘은 색색의 풍선으로 가득 찼다. 나중에 우리는 그 아름다운 장관, 우리가 알지도 못한 채 만들었던 그 장관은 이미 폐회식 프로그램에서 예견된 것임을 알았다.

거대함에 의미를 부여하고 수많은 군중을 조직하는 행위는 소비에트 연방의 매우 중요한 심리적 측면으로 보인다. 우리는 결국 엄청난 규모와 양에 적응하게 된다. 크렘린 정원에서 1만 1000명의 손님을 모아 놓고 벌인 축전에서 불꽃놀이는 두 시간 동안 계속되었다. 폭발음으로 지표면이 진동했다. 비는 오지 않았다. 구름이 사전에 폭파되었기 때문이다. 오후 1시에 레닌과 스탈린의 시신이 보존된 장려한 영묘가 문을 열면 이미 그 앞에는 2킬로미터에 달하는 줄이 늘어섰다. 4시에 문을 닫는데, 그 시각에도 아직 2킬로미터에 달하는 줄이 있다. 심지어 겨울에도, 눈보라가 몰아치는 혹한에도 영묘 앞에는 2킬로미터의 줄이 있다. 그 줄이 더 길지 않은 이유는 경찰이 더 길게 줄을 서지 못하도록 하기 때문이다.

그런 나라에서 레제 드라마*는 생각조차 할 수 없는 일이다. 국립 오페라단은 볼쇼이 극장에서 「이고르 공」을 일주일 동안 하루에 세 번 공연했다. 그리고 공연마다 600명의 다른 배우들이 무대에 섰다. 그 어떤 소비에트 배우도 하루에 한 번 이상 공연할 수 없다. 어떤 장면에서는 공연자 전체가 참가할 뿐 아니라, 살아 있는 말 여섯 마리도 함께 등장한다. 네 시간 동안 계속되는 이 기념비적 공연은 소비에트 연방 밖에서는 무대에 올릴 수 없다. 무대 세트 운송에만 60량의 화물 열차가 필요하기 때문이다.

반면에 소비에트 사람들은 사소한 문제에 얽매인다. 우리는 세계청년학생축전의 거대한 조직에 몇 번 합류했고, 감동적이고 거대한 분위기를 풍기는 소비에트 연방을

---

* 직접 상연하기보다는 독자에게 읽히기 위해 쓴 희곡.

보았다. 그러나 길 잃은 양처럼 거리를 쏘다니며 우리는 사소한 관료주의적 문제에 빠져 오도 가도 못하는 소비에트 연방을 보았다. 미국 앞에서 열등감을 가지고 당황하며 어찌할 바 모르는. 도착했을 때의 상황 때문에 우리는 그들의 관료주의부터 맛보기 시작했다. 우리를 기다리는 사람은 아무도 없었다. 우리가 거의 일주일 늦게 도착했기 때문이다. 우연히 역에 있는 것처럼 보이던 여자가 한 사람 있었다. 그녀는 프랑스어를 유창하게 구사했고, 우리를 맞이방으로 데려갔다. 거기에는 또 다른 길 잃은 양들이 있었다. 아프리카 흑인 세 명이었다. 머리가 헝클어진 사람 여럿이 전화를 걸었지만, 구체적인 결과는 아무것도 얻지 못했다. 나는 전화국의 전화선이 잔뜩 얽혀 있는데 아무도 풀지 못하고 있는 것 같다는 인상을 받았다. 마침내 그들 중 한 사람이 우리에게 어설픈 영어로 사용 언어별로 갈라서 모여 달라고 지적했다. 프랑코는 나와 같은 호텔에 가려고 나와 무리를 지었다.

우리의 잊을 수 없는 통역사 미차는 15분 후에 도착했다. 우크라이나 셔츠를 입고, 금발의 머리카락을 양미간 사이로 내린 채 잇새로 향긋한 담배를 물고 있었다. 그렇게 담배를 피우는 덕분에 그는 담배를 입에서 빼내지 않고도 멋진 미소를 지을 수 있었다. 그가 내게 뭐라고 말했지만 무슨 말인지 알아들을 수 없었다. 나는 그가 러시아어로 말하고 있다고 생각했고, 그래서 혹시 프랑스어를 하느냐고 물었다. 그는 집중하려고 노력하면서, 자기는 스페인어 통역사라고 스페인어로 말했다.

나중에 미차는 배꼽을 잡고 웃으면서 6개월 동안 어떻게 스페인어를 배웠는지 말해 주었다. 삼십 년 경력의 푸주한이었던 그는 축전에 참여하려는 목적으로 스페인어를 공부했다. 우리가 도착한 날에도 여전히 러시아어와 스페인어를 뒤섞어 말했고, '잠에서 깨다(despertar)'와 '일어나다(amanecer)'를 '체계적'으로 혼동해서 사용했지만, 일반 남아메리카 사람보다 남아메리카를 더 잘 알았다. 우리가 체류하는 동안 그의 스페인어는 놀라울 정도로 발전했다. 현재 그는 콜롬비아 바랑키야 운전사들의 은어를 구사하는 유일한 소비에트 전문가다.

우리는 세계청년학생축전이라는 아주 특별한 순간에 모스크바에 있게 되었다. 당연히 그건 현실을 제대로 파악하는 데 방해가 되었다. 나는 아직도 사람들이 아주 정확하고 구체적인 지시를 받고 준비했다고 믿는다. 모스크바 사람들은 놀라울 정도로 자발적인데, 그들의 집을 방문하고 싶다고 하면 수상할 정도로 거부감을 표했다. 그래도 많은 사람이 집 안을 보도록 허락했다. 그건 그들이 매우 잘살고 있다고 믿기 때문인데, 사실 생활 수준은 형편없다. 정부가 사전에 그들을 준비시켜서 외국인들이 집 내부를 못 보게 했음이 분명했다. 틀림없이 많은 지시가 실제로 그것처럼 무의미하고 진부했을 것이다.

반면에 아주 특별한 장점도 있었다. 세계청년학생축전은 사십 년 동안 세상에서 고립되었던 소비에트 민중을 위한 서커스 공연과 다름없었다. 사람들은 외국인을 보고 만져서 정말로 피와 살로 이루어져 있는지 알고자 했다. 우리는 평생 외국인을 한 번도 보지 못했던 많은 소비에트 사람들을 만났다. 그들은 우리와 말하려고 급히 외국어를 배웠고, 그래서 우리는 붉은 광장에서 한 발짝도 움직이지 않고서 전국을 여행할 기회를 얻었다. 또 다른 이점은 축전 기간에 개인을 모두 정치적으로 통제하는 것은 실질적으로 불가능했고, 따라서 소비에트 사람들은 훨씬 자유롭게 말할 수 있었다는 것이다.

솔직히 인정하는데, 나는 보름 동안의 그 야단법석 가운데서 러시아어로 말하지 않았기에 그 어떤 것도 분명하게 알아낼 수 없었다. 그러나 대신 파편적이고 직접적이며 피상적인 것들은 많이 알았다고 믿는다. 어쨌든 그런 것도 중요한데, 그건 모스크바에 없었다면 알지 못했을 것이기 때문이다. 나는 사람들에게 관심을 갖는 일종의 직업병을 갖고 있다. 그리고 그 어느 곳도 소비에트 연방보다 더 흥미로운 사람들을 보여 줄 수 없다고 믿는다. 무르만스크*에서 온 어느 청년은 아마도 일 년 내내 저축해서 기차로 닷새 동안의 여행을 했던 것 같다. 그는 거리에서 우리를 멈춰 세우고서 물었다.

"Do you speak English?"

그게 그가 아는 유일한 영어였다. 하지만 그는 우리 셔츠를 붙잡고는 졸졸 따라오면서 필사적으로 러시아어로 말했다. 때때로 기적처럼 통역사가 나타나기도 했다. 그러면 우리에게 세상 이야기를 듣고자 갈망하는 군중과

* 러시아 북서부에 있는 지역.

177

오랫동안 대화가 시작되었다. 나는 콜롬비아의 생활에 대해 간단히 들려주었지만, 그것을 듣는 청중들은 당혹스러워 했고, 나 자신도 내 이야기가 환상 이야기가 아닐까 생생각하게 됐다.

찢어진 신발을 신고 거리를 걸어 다니는 사람들은 순박하고 친절하며 솔직했다. 그게 축전 조직 위원회가 내린 명령을 따르는 것만일 수는 없었다. 나는 의도를 갖고 노골적으로 수없이 "스탈린이 범죄자였다는 사실이 틀림없나요?" 하고 물으면서 어떤 반응이 나타나는지 살펴보았다. 그들은 전혀 동요하지 않고 태연스럽게 흐루쇼프 보고서에서 밝힌 일부 내용으로 대답했다. 전혀 공격적이거나 기분 나쁜 낌새는 보이지 않았다. 이는 반대로 우리가 그 나라에 대해 항상 기분 좋은 기억을 가져가도록 계획한 사려 깊은 의도로 볼 수도 있다. 그래서 나는 일반적으로 소비에트 사람들이 정부에 충성을 다한다고밖에 생각할 수 없다. 그들은 성가시거나 까다롭지 않다. 또 서두르면서 무언가를 우리에게 말하지도 않는다. 그들은 오리처럼 차분하고 조용하게, 시골 사람들처럼 조심성 많고 수줍어하면서, 그리고 우리를 성가시게 하지 않으면서 우리가 지나가는 것을 쳐다보았다. 우리 중 누군가가 대화하고 싶을 때는 특별히 한 사람에게 말을 건네지 않고 많은 사람에게 '드루즈바'라고 말했다. 그것은 '우정'이라는 뜻이다. 그러면 그들은 우리에게 자필 서명을 해 달라거나 주소를 달라면서 동전과 배지를 마구 선사했다. 그들은 필사적으로 친구를 사귀고 싶어 하는 민족이다. 우리는 현재와 과거의 차이가 무엇이냐고 물었다. 그러자 하나의 대답이 놀라울 정도로 자주 반복되었다. "지금 우리는 친구가 많다는 것이죠."라는 대답이었다. 그들은 더 많은 친구를 사귀고 싶어 한다. 그들은 전 세계의 사람들과 개인적으로 편지를 써서 세상사에 대해 얘기하고 싶어 한다. 여기 내 책상에는 모스크바에서 온 수많은 편지가 있다. 그것은 우리가 그곳을 빠져나오기 위해 남긴 주소로 익명의 군중이 보낸 편지들이다. 이제야 나는 우리가 무책임했음을 깨닫는다. 주소를 주지 않기는 불가능했다. 만일 어느 대표단원이 성 바실리 대성당 앞에 발길을 멈추고 서명해 주었다면, 반 시간 후에는 외국인에게 호기심을 가진 수많은 사람이 붉은 광장을 한 치의 틈도 없이 가득 메웠을 것이다. 그건 절대 과장이 아니다. 모스크바에서는 모든 규모가 압도적이다. 그곳의 심장인 붉은 광장이 상대적으로 너무 작아서 실망스러울 정도다.

모스크바에 잠시만 머물러도, 순수하고 정직한 관광객은 그곳의 현실을 평가하려면 무게를 재는 우리의 저울과 치수를 재는 우리의 자와는 다른 체계가 필요하다는 사실을 깨닫는다. 우리는 기본적으로 소비에트 사람들을 이해할 수 없다고 생각한다. 그러나 그들이 우리를 이해하지 못하는 경우도 있다. 모스크바에 머문 지 사흘째 되는 날이었다. 내게 호기심을 느낀 일련의 사람들이 어느 날 밤 고리키 공원 앞에서 내 발길을 멈추게 했고, 나는 그 현상을 실감할 수 있었다. 레닌그라드(상트페테르부르크) 외국어 학원의 어느 여학생이 내게 완벽한 스페인어로 이렇게 제안했다. 물론 이는 그녀가 토론하는 세 시간 동안 단 한 번도 실수를 하지 않고 말했다는 의미는 아니다. "당신이 원하는 것을 대답해 드리겠습니다. 그러나 한 가지 조건이 있어요. 우리에게 똑같이 솔직하게 대답해야 합니다." 나는 그 제안을 받아들였다. 그녀는 내게 소비에트 연방에서 마음에 들지 않은 게 무엇이냐고 물었다. 그러자 모스크바에서 개를 보지 못했다는 생각이 머릿속을 맴돌며 떠나지 않았다.

"개를 모두 먹어 치운 건 내가 보기에 정말 잔학합니다."

통역사는 당황한 기색이 역력했다. 내 대답을 통역하자 가벼운 동요가 일었다. 그들은 갈피를 못 잡고 러시아어로 대화했다. 그러더니 저 뒤에서 어느 여자 목소리가 스페인어로 소리쳤다. "그건 자본주의 언론의 중상모략입니다." 나는 그건 내가 개인적으로 확인한 바라고 설명했다. 그들은 개를 모두 먹어 치웠을지도 모른다는 말을 심각하게 부정했지만, 모스크바에는 개가 거의 없다는 사실을 인정했다.

내가 질문할 차례가 되자, 나는 안드레이 투폴레프*, 그러니까 소련 터보제트기 TU-104를 발명한 사람이 억만장자라서 돈을 어찌할 바를 모른다는 사실을 떠올렸다. 그는 그 돈을 산업에 투자하거나 집을 사서 세를 놓을 수

---

*   안드레이 니콜라예비치 투폴레프(Andrei Nikolaevich Tupolev, 1888~1972).
    소련의 항공기 설계자. 스탈린 집권 시절 여러 번 투옥되었으나, 우수한
    항공기를 설계하여 인정받았다.

도 없었다. 그가 죽으면 화폐 개혁으로 이미 사장된 루블이 가득 든 가방은 국가로 귀속될 것이었다. 나는 물었다.

"한 사람이 모스크바에 아파트 다섯 채를 가질 수 있나요?"

"물론이죠." 그들이 대답했다. "하지만 한 사람이 어떻게 해야 다섯 아파트에 동시에 살 수 있죠?"

소비에트 사람들은 지도를 통해 많이 여행했고, 세계 지리를 달달 외운다. 그런데 그들은 최근의 저널리즘이 어떤지에 대해서는 믿을 수 없을 정도로 잘못 알고 있다. 라디오는 한 개의 버튼밖에 없고, 신문도 《프라우다》라는 국영 매체뿐이다. 뉴스의 방향도 초보적 수준에 머물러 있다. 아주 중요한 외국의 사건들만 기사로 나오는데, 어떤 경우라도 특정 방향으로 유도되고 논평된다. 외국에서 들여온 잡지나 신문은 판매하지 않는다. 유럽 공산당에서 발행한 정기 간행물 몇 가지만 예외다. 매릴린 먼로에 대해 농담하고, 그런 재치 있는 농담이 다른 의미로 이해될 때의 느낌은 말로 표현할 수 없다. 나는 매릴린 먼로가 누구인지 아는 소비에트 사람들을 한 명도 만나지 못했다. 언젠가 나는 《프라우다》 신문으로 도배된 가판대를 보았는데, 그 신문의 일면에는 8단짜리 머리기사가 실려 있었다. 나는 전쟁이 터졌나 보다고 생각했다. 하지만 그 머리기사는 이렇게 말하고 있었다. "농업 보고서 전문(全文)".

내가 현재 우리 언론의 방향을 설명하자고 들면 기자들조차 머리를 쥐어뜯을 수 있는데, 그건 너무나 당연한 일이다. 신문사 직원들이 무리를 이루어 통역사를 대동하고서 우리 호텔 문 앞으로 왔다. 그러고는 내게 서방 세계에서 신문사가 어떻게 운영되는지 물었다. 나의 설명을 듣고 소유주를 통해 운영된다는 것을 알게 되자, 그들은 믿을 수 없는 말을 했다.

"어쨌든 소유주는 아주 보기 드문 사람이 분명할 것 같군요."

그들이 자신들이 무슨 생각을 했는지 설명했다. 《프라우다》신문은 국가에 주는 수입보다 지출이 훨씬 더 크다는 것이다. 나는 서방 세계에서도 똑같다고, 하지만 손실은 광고로 보충한다고 대답했다. 나는 그림을 그렸고 계산했으며 예를 들었지만, 그들은 광고라는 걸 이해하지 못했다. 소비에트 연방에는 광고가 존재하지 않는다. 사기업도 없고 경쟁도 없기 때문이다. 나는 그들을 호텔 방으로 데려가서 광고가 실린 신문을 보여 주었다. 상표가 다른 두 개의 셔츠 광고가 있었다. 나는 설명했다.

"이 두 회사가 셔츠를 제작합니다. 두 회사 모두 자기들 셔츠가 더 낫다고 소비자들에게 말합니다."

"그러면 사람들은 어떻게 하죠?"

나는 광고가 소비자들에게 어떻게 영향을 끼치는지 설명하려고 했다. 그들은 많은 관심을 두고 내 말을 들었다. 그러더니 한 사람이 물었다. "사람들이 어떤 제품이 더 나은지 아는데, 왜 다른 회사가 자기들 것이 더 낫다고 말하게 놔두는 겁니까?" 광고주는 광고할 권리가 있다고 설명하면서 나는 이렇게 덧붙였다. "다른 셔츠를 계속 사는 사람도 있거든요."

"그게 더 낫지 않다는 사실을 아는데도 말인가요?"

"아마도 그럴 겁니다." 나는 인정했다.

그들은 한참 광고를 쳐다보았다. 나는 그들이 처음 알게 된 광고에 대해 지식을 검토하고 있음을 알았다. 그런데 그들은 갑자기 자리에 앉더니 배꼽을 잡고 웃었다. 나는 아직도 그 이유를 모른다.

붉은 광장의
영묘에서
스탈린은 양심의
가책 없이
잠을 잔다

세계청년학생축전 운전사들은 통역사 없이는 움직이지 말라는 지시를 받고 있었다. 어느 날 밤 우리는 통역사를 찾지 못해 손짓으로 운전사에게 고리키 극장에 데려가 달라고 했다. 그는 고집불통으로 머리를 흔들며 '피리보스칙'이라고만 말했다. '통역사'라는 말이었다. 5개 언어를 완벽하게 속사포처럼 말하던 어느 여자가 우리를 어려움에서 구해 주었다. 그녀는 운전사를 설득해서 자기를 통역사로 받아들이게 했다. 그녀는 우리에게 스탈린에 대해 처음으로 말한 소비에트 사람이었다.

나이는 대략 쉰 살이었고, 장 콕토와 놀라울 정도로 비슷한 얼굴이었다. 그녀는 분을 발랐고, 동화 주인공인 쿠카라치타 마르티네스*처럼 입고 있었다. 그러니까 꼭

달라붙는 외투를 입고 나프탈렌 냄새를 풍기는 여우 목도리를 두르고 깃털 모자를 쓰고 있었다. 버스에 앉자마자 그녀는 차창으로 몸을 구부리더니 우리에게 끝없이 펼쳐진 농업 박람회의 철제 펜스를 보여 주었다. 길이가 20킬로미터에 달했다. 그녀가 말했다.

"이 아름다운 작업은 모두 당신들 덕분입니다. 외국인들에게 자랑하려고 만들었거든요."

그게 그녀의 말투였다. 우리에게 자기는 연극 무대 디자이너라고 밝혔다. 그녀는 소련이 사회주의 건설에 실패했다고 여기고 있었다. 또한 새로운 통치자들은 착하고 능력 있으며 인간적이지만, 과거의 실수를 바로잡으면서 평생을 보내게 될 거라고 했다. 프랑코는 그녀에게 그런 실수의 책임자가 누구냐고 물었다. 그녀는 우리 쪽으로 몸을 기울이더니 더없이 행복한 미소를 지으며 말했다.

"르 무스타슈"

그것은 '콧수염' 달린 사람이라는 뜻이다. 밤새 그녀

---

* 남미 동화에서 시골에 사는 아주 예쁜 바퀴벌레를 가리키는 말로, 눈은 검고 피부는 까무잡잡하다고 묘사된다.

는 스탈린에 대해 말하면서 내내 그 별명으로 불렀다. 한 번도 그 이름을 말하지 않았고, 전혀 동정하지도 않았으며, 그 어떤 공적도 인정하지 않았다. 그녀의 말에 따르면, 스탈린을 비난할 결정적인 증거는 축전이었다. 그의 시절이었다면 절대로 이런 축전을 개최할 수 없었다는 것이다. 사람들은 집에서 나오지 않았을 것이고, 베리야*가 이끄는 무시무시한 경찰이 대표단원들을 거리에서 총살했을 거라고 말했다. 그녀는 스탈린이 살아 있다면 3차 세계대전이 터졌을 거라고 확신했다. 그리고 우리에게 끔찍한 범죄와 자의적인 재판, 그리고 대량 학살에 관해 말했다. 그러면서 스탈린은 러시아 역사에서 가장 잔인하고 가장 사악하며 가장 야심 많은 인물이었다고 자신 있게 지적했다. 나는 그토록 솔직하게 털어놓는 끔찍한 이야기를 들은 적이 없었다.

그녀의 정치적 입장은 모호했다. 그녀는 미국이 세계에서 유일한 자유 국가지만, 자기는 소비에트 연방에서만

---

* 라브렌티 파블로비치 베리야(Lavrenty Pavlovich Beriya, 1899~1953). 조지아계 소비에트 연방의 정치가. 스탈린 집권하에서 현재의 KGB에 해당되는 공안-정보 기관인 내무인민위원회의 수장을 맡았다.

살 수 있을 거라고 여겼다. 그녀는 2차 세계 대전에서 여러 미국 군인을 만났었다. 그러면서 그들은 순수하고 건전한 청년들이지만, 무지로 뒤덮인 사람들이라고 생각했다. 그녀는 반공주의자가 아니었다. 중공이 마르크스주의를 이해했다는 사실을 행복하게 생각하는 여자였다. 그러나 흐루쇼프가 스탈린의 신화를 완전히 부숴 버리도록 마오쩌둥이 영향을 끼쳤다면서 그를 비난했다.

그녀는 과거의 친구들에 대해 말했다. 대부분 연극인이나 작가, 정직한 예술가들이었지만, 스탈린에게 총살당했다. 그렇게 우리는 고리키 극장에 도착했다. 오랜 명성을 자랑하는 작은 극장이었다. 우리의 임시 정보원은 환한 표정으로 극장을 응시하더니 평온한 미소를 지으며 말했다. "우리는 이곳을 '감자 극장'이라고 불러요. 이곳에서 연기한 최고의 배우들은 모두 땅 밑에 있거든요."

그 여자가 미쳤다고 믿을 만한 이유는 어디에도 없지만, 유감스럽게도 그렇게 보이긴 했다. 사실대로 말하자면, 그녀는 그런 것들을 가장 분명하게 볼 수 있는 환경에서 살고 있었다. 스탈린 체제에서 러시아 민중은 고통을 받지 않았고, 그 체제의 탄압이 지도층에게만 행해졌다는 건 사실처럼 보인다. 그러나 나는 그리 차분하지 않은 태도로 밝힌 그런 증언이 스탈린이라는 인물을 종합하고 있다고는 생각할 수 없다. 대부분의 사람들이 그에 대한 말조차 꺼내려고 하지 않는 바람에 다른 증언을 들을 수 없었기 때문이다. 소비에트 사람들은 자신의 감정을 표현할 때는 다소 히스테리적으로 흥분한다. 코사크 사람들답게 펄쩍펄쩍 뛰며 기뻐하고, 셔츠를 벗어 선물하며, 펑펑 울면서 친구와 작별한다. 하지만 정치에 대해 말할 때면, 어이없을 정도로 신중하며 말을 아낀다. 그 영역에서는 그들과 대화를 해 봐야 아무 소용이 없다. 새로운 것을 전혀 찾아낼 수 없기 때문이다. 그들의 대답은 이미 공표되어 있기 때문이다. 그들은 《프라우다》의 주장만 반복한다. 제20차 공산당 대회의 자료들 ── 서방 언론에 따르면, 비밀 자료 ── 을 국민 전체가 연구하고 비판했다. 그것이 바로 소비에트 민중의 특징이며, 그들 정치 뉴스의 특징이기도 하다. 국제 뉴스는 매우 드물지만, 국내 상황에 대해서는 모두 놀라울 정도로 잘 알고 있다. 우리의 경망스러운 임시 통역사 말고, 우리는 스탈린에 대해 단호하게 말하는 사람을 한 명도 만나지 못했다. 소비에트 사람들의 머리를 멈추게 하는 마음의 신화가 있는 게 분명하다. 마치 이렇게 말하는 것 같다. "스탈린에 대해 아무리 비방하더라도 스탈린은 스탈린이다. 끝." 그의 초상화는 아주 신중하게, 그러니까 흐루쇼프의 초상화로 대체하지 않는 방식으로 철거되고 있다. 성스럽게 기억되는 레닌의 초상화만 남아 있다. 그래서 스탈린에 반대하는 행위는 그 어떤 것도 허락되지만, 레닌은 건드릴 수 없는 인물이라는 구체적인 느낌을 받는다.

나는 많은 사람과 스탈린에 대해 이야기했다. 나는 그들이 아주 자유롭게 말하면서 복잡하게 분석하지만, 결국 신화를 구하고자 한다는 인상을 받았다. 그러나 모스크바에서 우리와 대화했던 모든 사람은 한 명의 예외도 없이 이렇게 말했다. "이제 모든 게 바뀌었습니다." 우리는 우연히 만난 레닌그라드 대학의 음악 교수에게 현재와 과거의 차이가 무엇이냐고 물었다 그는 전혀 주저하지 않고 말했다. "차이는 우리가 이제는 믿는다는 겁니다." 그것이 내가 스탈린에 대해 들었던 가장 흥미로운 비난이다.

프란츠 카프카의 책은 소비에트 연방에서 찾아볼 수

없다. 그들은 그가 해로운 형이상학의 사도라고 말한다. 그러나 그는 가장 훌륭한 스탈린 전기 작가가 될 수도 있었다. 영묘 앞에 2킬로미터나 줄을 선 사람들은 직접 국가의 사적인 도덕까지 규정한 사람의 사체를 처음 보게 될 사람들이며, 아마도 그가 살았을 때 본 사람은 거의 없을 것이다. 모스크바에서 우리와 대화를 나눴던 사람 중에서 그를 보았다는 사람을 만난 기억은 없다. 그는 일 년에 두 번 크렘린궁의 난간에 모습을 드러냈다. 그런 그를 직접 본 사람들은 소비에트의 고위 관료들, 외교관들, 그리고 몇몇 특수 부대 대원들뿐이다. 그가 성명을 발표하는 동안 일반 국민은 붉은 광장에 접근하지 못했다. 스탈린은 크림반도에서 휴가를 보낼 때만 크렘린궁을 비웠다. 드네프르강의 댐 건설에 참여했던 한 기술자는 어느 순간, 그러니까 스탈린의 영광이 정점에 있었을 때, 그가 정말로 존재하는지 의심했다고 분명하게 말했다.

눈에 보이지 않는 그 권력의 의지 없이는 나뭇잎 하나도 움직이지 않았다. 공산당 총서기이자 각료 평의회 의장, 그리고 군 최고 사령관의 자격으로 그는 상상하기 어려울 정도로 엄청난 권력을 자기 손안에 집중시켰다. 그는 공산당 당 대회를 더는 소집하지 않았다. 그가 강요한 행정부의 중앙 집중화 때문에, 그는 국가의 가장 사소한 관심사까지도 머릿속으로 주의를 기울였다. 십오 년 동안 하루도 신문이 그의 이름을 언급하지 않고 지나간 날이 없었다.

그에게는 나이가 없었다. 죽었을 때 그는 일흔 살이 넘었고, 머리는 완전히 백발이었으며, 신체적으로 고갈된 증상을 드러내기 시작하고 있었다. 그러나 소비에트 민중의 상상 속에서 스탈린은 초상화의 나이로 존재했다. 그들은 동토대(凍土帶)의 머나먼 마을에까지 초시간적인 존재를 강요했다. 그의 이름은 사방 곳곳에서 보인다. 모스크바의 대로에도 있고, 북극 너머에 있는 첼류스킨이라는 마을의 허름한 전신 사무소에도 있다. 그의 사진은 관공서에, 개인 침실에, 루블에, 우표에, 심지어 식당 봉투에도 새겨져 있다. 스탈린그라드(볼고그라드)에 있는 그의 동상은 높이가 70미터에 달하고, 전투복의 단추는 지름이 50센티미터다.

그에 대해 가장 좋게 말할 수 있는 것은 근본적으로 그에 대한 가장 심한 비판과 연결된다. 그가 죽은 이후부터 그가 구축한 체제를 완전히 해체하려는 것이 전부였다. 그는 집무실에서 움직이지 않고 직접 건축물, 정치, 행정, 개인적 품행, 예술, 언어를 통제했다. 생산 분야를 확실하고 절대적으로 통제하기 위해, 그는 모스크바의 각료들에게 산업 분야를 중앙 집중화하게 하면서, 동시에 크렘린 내각에서 그들을 중앙 집권식으로 관리했다. 그래서 시베리아의 어느 공장에 같은 거리에 있는 다른 공장에서 생산한 부속이 필요하면, 줄기차게 돌아가는 관료주의의 톱니바퀴 체계를 통해 모스크바에 주문해야 했다. 부속을 생산하는 공장은 똑같은 절차를 반복해서 발송해야 했다. 주문해도 도착하지 않는 것도 있었다. 나는 어느 날 오후 모스크바에서 스탈린 체제가 어떻게 구성되었는지 설명을 들었다. 그러나 나는 그 어떤 사소한 것도 카프카 작품*에 전례가 이미 존재한다는 사실을 알았다.

그가 죽은 다음 날부터 그의 체제는 제대로 돌아가지

---

* 동독의 어느 잡지는 보험 회사 직원인 프란츠 카프카가 그의 고용주에게 보낸 편지를 얼마 전에 출간했다. 그 잡지는 미출간된 편지 한 통에서 카프카가 '보험 회사의 상어들'과 맞서 노동자들을 보호하는 태도를 보인다고 알리고 있다(저자 주).

않았다. 어느 장관이 감자 생산이 만족스럽지 않다는 보고를 받고 감자 생산을 늘릴 방법을 연구하는 동안, 또 다른 장관은 감자가 초과 생산되었다는 보고를 받고 감자 파생 상품을 만들 방법을 생각해 냈다. 이것이 바로 흐루쇼프가 정비하려고 애쓰는 관료주의의 난제다. 그는 신화적이고 전능한 스탈린과 달리, 소비에트 민중에게 살과 피로 이루어진 실재의 현실로 돌아가는 걸 의미할 수도 있다. 그러나 개인적으로 나는 모스크바 사람들이 서방 언론과 달리 흐루쇼프에게 그다지 중요성을 부여하지 않는다는 인상을 받았다. 사십 년 동안 혁명과 전쟁을 하고 폐허를 복구하며 인공위성을 만든 소비에트 민중은 더 나은 수준의 삶을 살아갈 권리가 있다고 느낀다. 누구든지 그런 삶을 약속했더라면 민중의 지지를 받았을 것이다. 흐루쇼프는 그렇게 했다. 나는 소비에트 민중이 그를 신임한다고 생각한다. 이는 그가 갑자기 나타난 사람이기 때문이다. 그는 초상화로 통치하지 않는다. 그는 보드카에 취해 창백해진 얼굴로 집단 농장에 나타나서 농민들에게 자기가 소젖을 짤 수 있는지 내기하자고 한다. 그러고서 소젖을 짠다. 그의 연설은 교조적인 의견보다는 상식에 의존하며, 단순하고 차분하며 서민적인 러시아어로 말한다. 약속을 지키려면 흐루쇼프에게는 무엇보다 두 가지가 필요하다. 첫째는 국제 세계의 군비 축소이다. 그래야만 전쟁 예산을 소비재 생산으로 전용할 수 있기 때문이다. 둘째는 행정부의 분권화다. 미국에서 안경을 샀던 몰로토프*는 분권화에 반대했다. 나는 그가 실각하고서 일주일이 지난 다음 모스크바에 도착했고, 소비에트 사람들은 그 조치와 관련해서 우리처럼 갈피를 잡지 못했다. 그러나 참을성이 많고 정치적으로 성숙한 소비에트 민중은 이제 더는 바보 같은 짓을 범하지 않는다. 모스크바에서는 서류와 관리, 그리고 사무실 비품을 실은 기차가 떠난다. 행정 부서가 통째로 시베리아의 산업 중심지로 이주하는 것이다. 상황이 나아지고서 비로소 몰로토프를 축출한 흐루쇼프가 옳았는지 알 수 있을 것이다. 얼마 되지도 않았는데, 소비에트 연방에는 아주 심한 욕이 생겼다. '관료주의자'라는 말이 그것이다.

---

* 뱌체슬라프 미하일로비치 몰로토프(Vyacheslav Mihailovich Molotov, 1890~1986). 공산주의 혁명가이자 소비에트 사회주의 공화국 연방의 정치가이자 외교관.

어느 젊은 소비에트 작가가 내게 말했다. "오랜 세월이 흘러야 정말로 스탈린이 누구였는지 알게 될 겁니다. 지금 나는 그에 대해 한 가지만 비난합니다. 그것은 이 세상에서 가장 크고 복잡한 나라를 마치 구멍가게처럼 관리하려고 했다는 겁니다." 그 정보원은 소비에트 연방을 지배하는 '품위 없음'은 스탈린의 개성과 떼어서 생각할 수 없다는 견해를 밝혔다. 스탈린은 크렘린의 막대한 부 앞에서 어쩔 줄 몰라 당황한 조지아 촌놈이라는 것이다. 스탈린은 한순간도 소비에트 연방을 벗어나 살아 보지 않았다. 그는 모스크바 지하철이 세상에서 가장 멋지고 아름답다고 확신하면서 죽었다. 그건 효율적이며 편안하고 아주 싸다. 그리고 모스크바의 모든 게 그렇듯이 터무니없을 정도로 깨끗하다. 붉은 광장에 있는 굼(GUM) 백화점에는 여자 작업조가 수많은 사람이 더럽히는 난간과 바닥과 벽을 온종일 닦아 윤을 낸다. 호텔과 영화관, 식당을 비롯해 심지어 거리도 마찬가지다. 그 도시의 보물이라는 지하철은 말할 필요도 없다. 복도와 대리석과 소벽(小壁), 거울과 석상과 기둥 장식 머리 등에 썼던 돈이라면, 아마도 주거 문제의 일부분은 해결되었을 것이다.

축전 행사 중 하나로 열린 건축 세미나에서 전 세계의 건축가들은 소비에트 건축의 책임자들과 열띠게 토론했다. 그들 중 하나인 욜토스키는 아흔한 살이다. 이 참모 본부에서 가장 젊은 사람인 아브라시모프는 쉰아홉 살이다. 이들은 스탈린의 건축가들이었다. 서양 건축가들이 비판하자 그들은 기념비적인 건축이 러시아의 전통에 해당한다는 논지를 폈다. 이탈리아 건축가들은 특히나 영리하고 민첩하게 토론하면서, 모스크바의 건축은 전통의 선상에 있지 않을 뿐 아니라, 이탈리아 신고전주의 건축을 확대하고 치장하여 날조한 것이라고 주장했다. 피렌체에서 삼십 년을 살며 공부했고, 이후에도 새로운 착상을 하려고 여러 번 돌아갔던 욜토스키는 결국 그 사실을 인정했다. 그러자 뜻하지 않은 일이 일어났다. 젊은 소비에트 건축가들이 스탈린 치하의 건축 책임자들이 거부하고 퇴짜 놓았던 자신들의 계획을 보여 준 것이다. 놀랍고 훌륭한 계획이었다. 스탈린이 죽은 후 소비에트 건축은 혁신의 순간을 맞고 있다.

아마도 스탈린의 더 큰 잘못은 모든 것에 개입하려는 소망이었을 것이다. 심지어 그는 사생활의 가장 은밀하게 숨겨진 틈에도 개입하려고 했다. 나는 소비에트 연방에서 숨 쉬며 느낄 수 있는 촌놈의 젠체하는 분위기가 그런 것에 기인한다고 추측해 본다. 과도한 혁명 속에서 탄생한 자유연애는 과거의 전설이다. 객관적으로 볼 때, 소비에트의 도덕은 기독교 도덕과 매우 흡사해 보인다. 남자들과의 관계에서 소비에트 여자들은 스페인 여자들의 전유물로 알려진 것과 똑같은 행동을 한다. 즉, 말을 빙빙 돌리고, 편견을 갖고 있으며, 심리가 매우 복잡하다. 그들은 프랑스 사람들이 '무지'라고 부르는 골치 아픈 단순성을 통해 사랑의 문제를 다룬다. 그렇게 무슨 말을 해야 할지 걱정하면서, 보통 보호자의 감시를 받으며 오랫동안 연애한다.

우리는 많은 남자에게 첩을 둘 수 있느냐고 물었다. 대답은 하나같았다. "아무도 눈치채지 못한다면 가능하죠." 불륜은 중대한 이혼 사유다. 가족의 화합과 단합은 강철처럼 강인한 법으로 보호된다. 그러나 가족 문제는 법정까지 가지 않는다. 남편에게 기만당한 여자는 남편을 노동자 위원회에 고발한다. 어느 목수는 우리에게 이렇게 말했다. "그래도 아무 일도 일어나지 않아요. 하지만 동료들은 애인을 가진 남편을 경멸스럽게 바라보죠." 그 노동자는 우리에게 만일 자기 아내가 처녀가 아니었다면 자기는 결혼하지 않았을 거라고 밝혔다.

스탈린은 미학의 토대를 놓았는데, 마르크시즘 비평가들은 그 토대를 뒤엎기 시작한다. 죄르지 루카치가 그들 중 하나다. 전문가들 사이에서 가장 유명한 영화감독인 세르게이 예이젠시테인은 소비에트 연방에서는 유명하지 않다. 스탈린이 그를 형식주의자로 비난했기 때문이다. 소비에트 영화에서 사랑의 첫 키스는 삼 년 전에 제작된 영화「더 포티-퍼스트」에서 비로소 이루어졌다. 스탈린 미학에 바탕을 둔 — 심지어 서방 세계에서도 — 문학작품이 수없이 많지만, 젊은 소비에트 사람들은 그걸 읽으려 하지 않는다. 라이프치히에서 러시아어를 공부하는 학생들은 수업에서 처음으로 프랑스 소설을 읽는다. 감상적인 볼레로 음악을 미치도록 좋아했던 모스크바의 많은 젊은 여자들은 이제 연애 소설을 미친 듯이 읽고 있다. 스탈린이 반동주의자라고 비난했던 도스토옙스키의 작품들은 이제 다시 출간되고 있다.

스페인어로 소비에트 간행물을 출판하는 책임자와의

기자 회견에서, 나는 탐정 소설을 쓰는 게 금지되어 있느
냐고 물었다. 그는 아니라고 대답했다. 그제야 나는 소비
에트 연방에는 작가들의 영감을 자극할 만한 범죄적 생활
환경이 존재하지 않는다는 사실을 깨달았다. 언젠가 그들
은 우리에게 이렇게 말했다. "우리 나라에 있던 유일한 폭
력배는 라브렌티 베리야였습니다. 이제 그는 축출되었고,
심지어 소비에트 백과사전에서도 쫓겨났습니다." 베리야
에 대한 그런 평가는 단호하며, 그것은 일반적인 생각이
다. 논쟁이 있을 수 없다. 그러나 그가 저지른 예사롭지 않
은 사건들은 범죄와 폭력을 다루는 '레드 뉴스'에 등장하
지 않았다. 스탈린이 해롭다고 비난한 미래 과학 소설은
인공위성 덕분에 그 문학이 가장 노골적인 사회주의적 사
실주의로 탈바꿈하기 일 년 전에야 허락되었다. 올해 가
장 많이 팔린 소비에트 작가는 알렉세이 니콜라예비치 톨
스토이*인데, 과학 소설 작가인 그는 우리가 아는 톨스토
이가 아니며, 그의 친척도 아니다. 가장 많이 팔린 외국 소

---

* Aleksei Nikolaevich Tolstoi(1883~1945). 과학 소설과 역사 소설을 많이 썼
 으며, 과학 소설의 대표작으로는 『아엘리타』와 『기계의 봉기』, 『기술자 가
 린의 죽음의 광선』 등이 있다.

설은 호세 에우스타시오 리베라*의 『소용돌이』가 될 것으로 예상된다. 공식적인 자료에 따르면, 보름도 안 되어 30만 부가 판매되었다.

나는 아흐레가 지나서야 비로소 영묘에 들어갈 수 있었다. 하루 오후를 희생하고, 삼십 분 동안 순서를 기다린 다음에야 그 거룩한 장소에 머무를 수 있었는데, 그곳에서는 일 분도 발길을 멈출 수 없었다. 첫 번째 시도에서 관람객의 줄을 통제하는 책임자가 특별 입장권을 요구했다. 축전 참가자 명찰은 소용이 없었다. 바로 그 주에 프랑코는 마네즈나야 광장에서 내게 공중전화를 잘 보라고 말했다. 아주 젊은 두 여자아이가 한 명만 들어갈 공간의 유리 전화박스 안에서 교대로 전화를 사용하고 있었다. 그들 중 한 명이 영어를 할 줄 알았다. 우리는 그녀에게 힘들게 말하면서, 우리가 영묘에 들어가도록 통역을 해 달라고 부탁했다. 두 여자는 그 관리를 설득하려고 애쓰면서 표 없이 우리를 들어가게 해 달라고 말했지만, 그 관리는

---

* José Eustasio Rivera(1888~1928). 콜롬비아의 시인이자 소설가. 대표작으로는 라틴 아메리카 사실주의의 백미라고 평가받는 『소용돌이』가 있다.

상당히 단호한 목소리로 거부했다. 영어를 조금 하던 여자아이는 창피해하면서, 소비에트 경찰은 좋은 사람이 아니라는 사실을 이해시키려고 했다. "아주, 아주, 아주 나빠요."라고 확신에 찬 목소리로 반복했다. 아무도 특별 입장권 요구에 동의하지 않았고, 우리는 많은 대표단원들이 축전 명찰만 보여 주고서 입장했던 것을 알고 있었다.

　금요일에 우리는 세 번째 시도를 했다. 이번에는 스페인어 통역사를 데리고 갔다. 그녀는 미술을 전공한 스무 살 학생이었는데, 너무나도 신중하고 친절했다. 한 무리의 경찰이 특별 입장권에 대해서는 말도 하지 않고서 우리에게 입장 시간이 지났다고 알려 주었다. 바로 전에 입장을 마감했다는 것이었다. 통역사가 입구에 있던 경찰 책임자에게 재차 요구했지만, 그는 고개를 흔들면서 우리에게 시계를 가리켰다. 수많은 구경꾼이 우리와 통역사 사이에 끼어들었다. 이내 우리는 그때까지 들어 보지 못했던 그녀의 성난 목소리를 들었다. 그녀는 체계적으로 망치질하듯이 러시아어로 같은 단어를 반복하면서 호통쳤다. 그건 바로 '관료주의자'라는 말이었다. 구경꾼들이 흩어졌고, 우리는 통역사를 보았다. 그녀는 싸움닭 같은 자세로 아직도 소리를 지르고 있었다. 경찰 책임자 역시 같은 강도의 목소리로 대답했다. 우리는 그녀를 자동차까지 끌고 갔고, 그러자 그녀는 울음을 터뜨렸다. 우리는 무슨 말다툼이 있었던 것인지 통역해 달라고 했지만, 그 말은 들을 수 없었다.

모스크바를 떠나기 이틀 전, 우리는 점심시간을 희생하면서 마지막으로 시도를 감행해 보기로 했다. 우리는 줄을 서서 아무 말도 하지 않았고, 줄을 통제하던 경찰은 우리에게 다정하게 손짓했다. 우리에게 축전 참여자 명찰을 보여 달라고 하지도 않았다. 삼십 분 후 우리는 붉은 광장 쪽의 정문을 통해 영묘의 육중한 붉은 화강암 덩어리로 들어갔다. 방폭(防爆) 정문은 좁고 낮으며, 두 명의 병사가 부동자세로 총검을 꽂은 총을 들고 지키고 있었다. 나는 누군가에게서 입구 홀의 군인 한 명이 손바닥에 이상한 무기를 숨기고 있는 것 같다는 말을 들었었다. 그 이상한 무기란 방문객 수를 세는 자동 기계였다.

완전히 붉은 대리석으로 뒤덮인 내부는 흐린 조명이 비추고 있어 유령이라도 나올 것 같았다. 우리는 계단을 통해 붉은 광장 지하가 분명한 지점으로 내려갔다. 두 병사가 전화 교환대를 지키고 있었다. 여섯 개의 전화를 연결하는 붉은 계기반이었다. 우리는 또 다른 방폭 문으로 들어가, 반들반들하고 반짝반짝 빛나는 계단을 계속 내려갔다. 아무것도 걸려 있지 않은 벽과 똑같은 재질에 똑같은 색깔이었다. 마지막 방폭 문에서 꼼짝하지 않고 부동자세로 서 있는 두 경비원 사이를 지나자 얼음장 같은 분위기가 기다렸다. 바로 거기에 두 개의 무덤이 있었다.

그곳은 사각형 모양의 조그만 구역으로, 벽은 검은 대리석에 불꽃 모양의 붉은 대리석이 박혀 있었다. 위쪽에는 강력한 환풍기가 설치되어 있었다. 높이 솟은 중앙의 단 위에는 유리로 만든 두 개의 무덤이 있고, 아래로부터 강력한 붉은빛이 비추었다. 우리는 오른쪽으로 들어갔다. 각 묘지의 머리 부분에는 또 다른 두 군인이 총검을 장착하고 부동자세로 서 있었다. 그들은 높이 솟은 단 위에 있는 게 아니었고, 그래서 그들의 머리는 무덤의 높이까지 이르지 못했다. 이렇게 높이가 다른 탓에 내 눈에는 그들이 코를 무덤에 붙이고 있는 것처럼 보였다. 경비병의 발밑에 두 개의 생화 화관이 있었다고 믿지만 확신하지는 못하겠다. 그 순간 나는 강력한 첫인상에 몰두해 있었는

데, 첫인상이란 그 냉랭한 영역에 절대적으로 아무 냄새
도 없었다는 사실이다.

관람객의 줄은 무덤 주위를 왼쪽에서 오른쪽으로 돌
았고, 우리는 덧없는 그 순간에 보았던 광경의 마지막 미
묘한 색채를 저장하려고 애썼다. 하지만 그건 불가능했
다. 우리는 그 순간을 기억하지만, 아무것도 분명하지 않
음을 깨달았다. 나는 영묘를 방문하고 몇 시간 후 대표단
원 사이에서 벌어진 토론에 참여했다. 몇몇은 스탈린의 재
킷이 하얬다고 확신했다. 어떤 사람은 파란색이었다고 주
장했다. 흰색이라고 확신한 사람 중에는 영묘에 두 번이나
갔던 사람도 있었다. 나는 그것이 파란색이었다고 믿는다.

레닌은 첫 번째 무덤에 있었다. 진한 감색의 수수한
양복을 입고 있었다. 죽기 몇 년 전에 마비된 왼손*은 옆구
리 위에 놓여 있었다. 나는 실망하지 않을 수 없었다. 마치
밀랍으로 만든 모습 같았기 때문이다. 삼십 년이 지난 후
라 시랍화의 첫 번째 기미가 나타나고 있었다. 그러나 손

---

* 일반적으로 레닌은 우측 반신마비에 간헐적으로 오른손이 마비되었다고
알려져 있다.

은 아직도 마비된 듯한 인상을 주었다. 신발은 보이지 않았다. 허리부터 몸은 양복과 같은 색깔이 감색 모직 덮개 아래로 모습을 감추면서 모양이나 크기도 드러내지 않았다. 스탈린의 시체도 마찬가지였다. 그래서 시체의 상체 부분만 보존하고 있다는 섬뜩한 추측을 피할 수가 없다. 자연광 아래에 있다면 충격적일 정도로 창백한 색깔일 것이다. 무덤을 비추는 붉은색 아래서도 초자연적일 정도로 창백하기 때문이다.

스탈린은 아무 죄책감도 없이 잠들어 있었다. 왼쪽에는 단순한 세 개의 막대 훈장을 달고 있고, 팔은 자연스럽게 뻗은 채로. 훈장에는 조그만 파란색 띠가 있고, 그래서 양복 상의와 혼동된다. 그리고 처음 볼 때는 그게 막대가 아니라 기장이나 배지라는 인상을 받는다. 나는 스탈린의 모습을 제대로 보려고 많은 애를 써야만 했다. 그래서 양복 재킷은 레닌의 양복처럼 진한 감색이었다는 사실을 알고 있다. 완전히 하얗게 센 머리는 묘지의 불빛 때문에 붉게 보인다. 표정은 살아 있고 인간적이다. 냉소적인 쓴웃음은 그저 근육 수축이 아니라 감정을 반영하는 듯 보인다. 그 표정에는 약간의 비웃음이 서려 있었다. 겹살 턱을 제외하면 실제 인물과 일치하지 않았다. 곰처럼 보이지는 않았다. 누워 있는 그는 차분한 지성의 소유자이며 착한 친구이고, 어느 정도 유머 감각을 지닌 사람이었다. 육체는 단단하지만 날렵하고, 부드러운 솜털이 나 있으며, 콧수염은 간신히 스탈린 것과 유사했다. 내가 가장 인상적으로 본 건 가녀린 손과 가늘고 투명한 손톱이다. 그건 여자 손이다.

소비에트 사람들은
양극화에
피곤해하기
시작한다

모스크바의 어느 은행에 갔을 때 내 관심을 끈 것은, 은행 직원들이 손님을 맞이하지 않고 나무틀 안에 있는 색색의 작은 구슬들을 세는 데 온 정신을 쏟는 것 같은 모습이었다. 나중에 나는 식당 관리자들, 관공서 직원들, 백화점 계산원들, 심지어 영화관에서 표를 파는 사람들까지도 집요할 정도로 은행원들과 똑같은 일을 하고 있다는 사실을 알게 되었다. 나는 이것을 기록해 두었다. 그게 모스크바의 가장 대중적인 놀이라고 생각하고서, 그 이름과 기원과 특징을 알아볼 작정이었다. 그런데 우리가 머물던 호텔의 관리자가 그게 무엇인지 밝혀 주었다. 아이들이 셈하는 법을 배우도록 학교에서 사용하는 계산 돌과 똑같이 생긴 그 색색의 작은 구슬들은 소비에트 사람들이 사용하는 계산기다. 이런 확인이 더욱 놀라운 건 소비에트 연방이 서로 다른 열일곱 가지 형태의 전자계산기를 갖고 있다고 자랑하기 때문이다. 그들은 그런 전자계산기를 갖고 있지만, 산업화하여 대량으로 생산하는 수준에 이르지는 못했다. 그 설명을 듣고 나는 한 나라가 극적으로 보여 주는 대조적인 현상에 눈을 뜨게 되었다. 노동자들은 한 방에 빽빽이 모여 살고 옷이라곤 일 년에 두 벌밖에 못 사면서도, 소비에트의 로켓이 달에 도착했다는 만족감으로 부자처럼 느낀다는 점이다.

이는 아마도 소비에트 연방이 혁명 사십 년을 보내면서 모든 노력과 모든 노동력을 중공업에 바치고 소비재 산업에는 큰 관심을 기울이지 않았다는 사실로 설명할 수 있다. 그래서 국민은 신발도 제대로 신지 못하는 문제를 안고 살아가는데, 국제 상업 항공 분야에서 가장 먼저 세상에서 가장 큰 비행기를 진수했다는 점을 이해할 수 있다. 소비에트 사람들은 이런 것을 우리에게 이해시키려고 노력했다. 그들은 대규모의 산업화 계획이 있었지만, 전쟁이라는 어마어마한 사고를 당했음을 특별히 강조했다. 독일군이 소비에트 연방을 침공했을 때, 산업화 과정은 우크라이나에서 절정에 이르고 있었다. 그런데 그곳으로 나치들이 쳐들어왔다. 군인들이 싸우며 침략을 저지하는 동안, 역사상 시민들이 가장 많이 동원되어 우크라이나 산업 체계를 하나하나 해체했다. 그렇게 공장 전체가 세계의 커다란 뒤뜰이라는 시베리아로 옮겨졌고, 그곳에서 급히 재조립되어 생산에 투입되었다. 소비에트 사람들은 그 전례 없는 이동이 자국의 산업화를 이십 년은 지체시켰다고 믿는다.

인류가 벌인 이 거대한 모험에는 국가 전체의 노력이 필요했고, 그 비용은 한 세대 전체가 지급해야만 했다. 우선 혁명 기간의 일과 속에서, 그 후 전쟁 속에서, 마지막으로 재건 과정에서 대가를 치러야 했다. 이것은 무자비하고 인간적 감성이 없는 통치자로 알려진 스탈린에 대한 가장 혹독한 비난이기도 하다. 그가 사회주의를 성급히 구축하느라 한 세대 전체를 희생시켰기 때문이다. 서방 세계의 선전이 동포의 귀에 들어가지 못하도록 그는 국가의 문을 굳게 잠갔고, 강제로 사회주의로 나아가도록 했으며, 아마도 역사적으로 전례가 없을 정도로 사회주의를 도약시켰다. 새로운 세대들은 틀림없이 이런 것에 반항의 감정을 느끼며 성숙해지기 시작했고, 이제는 그들의 신발에 대해 불평할 수 있다.

소비에트 사람들은 저도 모르게 서방 사람들 앞에서 어리석은 짓을 하는데, 그 원인은 대부분 스탈린이 국가를 단호하게 고립시켰기 때문이다. 우리는 집단 농장을 방문했었다. 거기서 우리는 소비에트 사람들의 국가적 자존심 때문에 괴롭고 쓰라린 시간을 보내야만 했다. 우리는 미친 듯이 흔들리는 비포장도로를 달리면서 깃발로 장식된 마을을 지났다. 마을의 아이들은 집에서 나와 버스가 지나가자 노래를 불렀고, 버스 차창으로 우편엽서를 던졌다. 거기에는 서양의 모든 언어로 주소가 적혀 있었다. 모스크바에서 120킬로미터 떨어진 곳에 집단 농장이 있었다. 그것은 국가가 소유한 거대한 영지였으며, 쓸쓸한 마을들과 진흙투성이 거리, 그리고 원색으로 칠한 집들로 둘러싸여 있었다. 농장 관리인은 일종의 사회주의적 봉건 영주였다. 완전히 대머리였고 영화 속 해적처럼 한쪽 눈을 안대로 덮어서 우리는 다른 쪽 눈만 볼 수 있었다. 그는 우리에게 두 시간 동안 그 지역의 대량 생산에 대해 말했다. 통역사는 대부분 천문학적인 수치만 통역해 주었다. 야외에서 학교 합창단이 불러 주는 옛 노래를 들으며 점심을 먹고서 우리는 자동 착유 시설을 시찰했다. 아주 뚱뚱하고 과도하게 건강하고 씩씩한 어느 여자가 수력 착유기를 보여 주려고 준비한 것 같았다. 그 농장은 그걸 낙농 산업의 기술화 과정 중 가장 발전된 단계라고 여기고 있었다. 그것은 다름 아닌 교유기(攪乳器)와 연결된 관장용 고무였다. 고무 끝에는 흡입 장치가 달려 있었다. 한쪽 고무를 소젖에, 다른 쪽을 꼭지에 연결하여 작동하는 장치였다. 꼭지를 열기만 하면 수압으로 중세 때 젖 짜는 여자들이 했던 일이 이루어졌다. 물론 이 모든 건 이론적으로 그렇다는 말이다. 하지만 그걸 실천에 옮기는 건 우리가 방문하는 동안 가장 고역스러운 순간 중 하나였다. 자동 착유기를 다루는 건강한 전문가는 그 장치를 젖꼭지에 제대로 고정하지 못했고, 그러느라 십오 분을 보냈다. 그러자 젖 짜는 전문가를 교체했고, 젖소의 위치를 바꾸었으며, 마지막으로 젖소를 교체했다. 마침내 그 목표를 이루자, 우리는 모두 인정사정없이 마구 손뼉 치려고 했다. 솔직히 그런 곤경에서 승리를 거둔 게 너무나 기뻤기 때문이다.

미국 대표단원 한 사람은 농장 관리인에게 미국에서
는 소를 한쪽으로 집어넣고 다른 쪽으로 저온 살균 우유
와 심지어는 버터 통조림까지 나오게 한다고 이야기했는
데, 그건 다소 과장되긴 했지만, 내용상 상당히 근거가 있
는 말이기도 했다. 그러자 관리인은 아주 예의 바르게 존
경한다고 밝혔지만, 그 말을 완전히 믿지 못하는 표정이
었다. 나중에 우리에게 솔직히 털어놓았는데, 그는 소비
에트 사람들이 수력 착유기를 발명하기 이전까지 인류는
소에서 우유 짜는 기계 장치를 생각하지 못했다고 확신했
다고 한다.

프랑스에 여러 번 체류한 적이 있는 모스크바 대학교
의 어느 교수는 대개 소비에트 노동자들은 많은 물건을
발명했다고 확신하는데, 그것들은 이미 오래전부터 서방
세계에서 사용하고 있는 것들이라고 우리에게 말했다. 소
비에트 사람들은 포크부터 전화기까지 자기들이 발명했
다고 생각한다는 미국의 오래된 농담은 실제로 일리가 있
는 말이다. 서양 문명이 20세기에 눈부신 기술 발전을 이
루는 동안, 소비에트 사람들은 문을 굳게 닫고서 자신들

의 초보적인 문제를 해결하려고 애썼다. 서양 관광객이 모스크바에 있으면서 초조해하고 머리가 헝클어진 청년을 만난다면, 그가 자신이 전기냉장고를 발명한 사람이라고 말하더라도, 그를 거짓말쟁이로 여기거나 미친놈으로 간주해서는 안 된다. 실제로 그 청년이 자기 집에서 전기냉장고를 발명했을 가능성이 크기 때문이다. 물론 서양에서는 일상적으로 사용하는 제품이 된 지 한참 지났지만 말이다.

소비에트 연방에서 발전이 반대 방향으로 진행되었음을 알게 되면, 소비에트의 현실을 더 잘 이해할 수 있다. 혁명 정부의 주요 관심사는 민중에게 먹을 것을 공급하는 것이었다. 불편하고 거슬리는 것을 믿었던 것처럼, 솔직히 말해서 소비에트 연방에는 배고픔이나 실업이 없다는 사실을 믿어야만 한다. 그런데 국가는 노동력이 부족하다는 일종의 강박을 갖고 있다. 최근에 창설된 노동 연구 사무소는 한 사람의 노동이 얼마인지 과학적으로 설정하는 일을 맡고 있다. 노동부 산하의 그 부서에서 일하는 사람들은 우리와 가진 기자회견에서, 몇몇 공장장이 전문

노동자들보다 임금이 적은데, 그것은 그들이 노동력을 덜 투입할 뿐 아니라, 책임감도 작기 때문이라고 말했다. 나는 소비에트 연방에서는 왜 여자들이 도로와 철로에서 남자들과 팀을 이루어 함께 힘든 육체노동을 하느냐고, 그것이 사회주의 관점에서 괜찮으냐고 물었다. 대답은 단호했다. 여자들이 힘든 일을 하는 건 노동력이 절대적으로 부족하기 때문이며, 국가는 2차 세계 대전 이후부터 줄곧 일종의 비상 상황에 있기 때문이라고 말했다. 그 부서의 책임자는 적어도 육체노동에서는 남자와 여자가 엄청난 차이를 보인다는 사실을 인정해야만 한다고 강조했다. 그러면서 그들의 연구에 따르면, 여자들은 인내심과 집중력을 요구하는 일에서 더 나은 결과를 보여 준다고 했고, 소비에트 연방에서는 힘든 육체노동을 하는 여자가 갈수록 줄어들고 있다고 주장했다. 그러면서 아주 진지하고 심각하게 자기 사무소가 가장 관심을 보이는 일 중 하나는 그 문제를 해결하는 것이라고 역설했다.

그렇게 여자들이 도로에서 일하는 동안 중공업이 발전했고, 그 덕분에 소련은 사십 년도 되지 않아 세계 양대 강국으로 자리 잡았지만, 소비재 생산을 게을리했다. 소비에트 사람들이 열원자핵 무기를 갖고 있다고 밝혔을 때 모스크바의 수수한 진열창을 보았던 사람들은 그 말을 믿을 수 없었을 것이다. 그러나 바로 그런 이유로 그 말을 믿어야 했다. 소비에트 연방의 열원자핵 무기와 우주 로켓, 기계화된 농업, 그리고 환상적인 변환 시설을 이용해 사막을 농경지로 바꿀 거대한 가능성이 존재하는 이유는 사람들이 형편없는 신발을 신고 제대로 맞지 않는 옷을 입고서 사십 년을 보낸 결과이다. 그러니까 가장 지독한 금욕 생활로 거의 반세기를 희생한 결과이다. 거꾸로 된 발전 과정은 몇 가지 불균형을 초래했고, 미국인들은 그런 불균형을 보고 자지러질 듯이 웃는다. 예를 들어 항공 우주 공학에서 불후의 작품으로 평가받는 강력한 제트 여객기 TU-104를 들 수 있다. 이 비행기는 런던 공항에 착륙 허가를 받지 못했는데, 그 이유는 영국 정신과 의사들이 공항 주변 주민들에게 정신 질환을 야기할 수 있다고 했기 때문이다. 또한 객실 각 층 사이에 전화가 설치되어 있지만, 가장 원시적인 재래식 좌변기가 설치되어 있다는 것도 이유가 되었다. 또 다른 예로는 어느 스웨덴 대표단원을 들 수 있다. 그는 자국의 가장 유명한 의사들에게 만

성 습진을 치료받은 사람이었다. 그런데 모스크바 여행을 이용해 대표단이 묵는 곳에서 가장 가까운 병원의 당직 의사에게 치료를 맡겼다. 그러자 그 의사는 연고를 처방했는데, 그것을 바르자 나흘도 안 되어 마지막 습진 흔적까지 지워졌다. 하지만 약사는 커다란 통에서 그 연고를 손가락으로 퍼내고서 신문지 쪼가리에 둘둘 말아서 주었다. 위생과 관련한 극단적인 예는 아마도 우리가 집단 농장에서 돌아오면서 목격한 장면일 것이다. 우리는 모스크바 변두리의 어느 야외 시설에서 음료수를 마시려고 잠시 멈추었다. 그리고 본능적으로 화장실로 향했다. 그것은 기다란 나무 발판이었고, 거기에는 구멍이 여섯 개 뚫려 있었다. 그리고 그 구멍 위에 점잖고 훌륭한 시민 여섯 명이 웅크리고 앉아 볼일을 보면서, 공산주의 교리가 예측하지 못한 집단적 생리 현상을 해결하면서 시끄럽게 대화하고 있었다.

젊은이들은 이성이라는 토대가 없던 이 나라에서 합리적으로 생각하게 되었고, 이제는 소비와 중공업이 너무나 큰 대조를 이루고 있다는 점에 반발하고 있다. 대학에서는 공개 토론이 이루어지고, 정부에게 소비에트 연방이 서방 세계의 안락하고 편안한 삶의 리듬에 편입할 필요성이 있다고 제안한다. 최근에 모스크바 언어 학원의 여학생들은 파리에서 유행하는 스타일로 옷을 입고, 말총머리를 하고, 하이힐을 신고 거리로 나가 물의를 일으켰다. 그런데 그 일이 일어나기 전에 이런 일이 있었다. 어느 관리가 아무 생각 없이 언어 학원에 서방 세계의 잡지를 구독하도록 허락한 것이었다. 통역사 지망생들이 서양의 일상언어와 관습에 익숙해질 수 있도록 한 것이었다. 그 조치는 그가 의도한 결과를 낳았다. 그러나 여학생들은 그 잡지를 이용해서 자기들의 옷을 잘라서 재단했고, 머리 스타일을 현대식으로 바꾸었다. 그런 여학생들을 보자, 언제나 모든 곳에서 그랬듯이 뚱뚱한 소비에트 부인들은 손으로 머리를 감싸고서 난리를 떨면서 "젊은 애들이 제정신이 아니야!" 하고 소리쳤다. 그러나 그건 소비에트 정치변화에 젊은이들이 체계적으로 압력을 가하고 있다는 사실과 관계가 있다. 그래서 크리스티앙 디오르는 소비에트 정부로부터 모스크바에서 패션쇼를 열어 달라는 제안을 받았지만, 아쉽게도 그 제안을 받은 지 얼마 되지 않아 세상을 뜨고 말았다.

모스크바에서의 마지막 밤은 그런 젊은이들의 정신을 충분히 반영하는 하나의 일화로 마감하는 게 적절해 보인다. 고리키 대로에서 스물다섯 살이 넘지 않은 어느 청년이 내 발길을 붙들고서 어느 나라에서 왔느냐고 물었다. 내게 말한 바에 따르면, 그는 세계 동시에 관한 졸업 논문을 준비하고 있었다. 그는 콜롬비아에 대한 자료를 원했다. 나는 라파엘 폼보*에 대해 말했고, 그는 기분이 상한 듯이 얼굴을 붉히면서 내 말을 끊고 말했다. "물론 나는 라파엘 폼보에 대한 모든 자료를 갖고 있어요." 그리고 맥주 한 잔을 마시자, 그는 한밤중까지 강한 억양으로, 하지만 놀라울 정도로 유창하게 라틴 아메리카 동시를 선정해서 낭송했다.

48시간 후에 모스크바는 이미 다시 정상적인 삶으로 돌아가 있었다. 빽빽한 인파, 먼지 수북한 진열창, 그리고 붉은 광장의 영묘 앞에 늘어선 2킬로미터의 줄이 마치 다

---

* Rafael Pombo(1833~1912). 콜롬비아의 지식인이자 우화 작가이며 시인. 대표 우화집으로『길고양이』가 있다.

른 시대의 영상인 듯 우리를 태우고 기차역으로 향하는 버스 차창으로 지나갔다. 국경에 이르자, 찰스 로턴*의 쌍둥이 형제처럼 보이는 퉁퉁한 몸집의 통역사가 힘들게 객차로 올라와서 말했다. "죄송하다고 말하러 왔습니다." 우리는 그에게 그 이유를 물었다. "여러분들에게 아무도 꽃을 가져오지 않았기 때문입니다."라고 그는 대답했다. 울상을 지으며 우리에게 자기는 국경에서 대표단 작별 행사를 조직하는 책임자라고 설명했다. 그날 아침 그는 모든 대표단이 통과했다고 믿고는 전화로 더 이상 꽃을 역으로 보내지 말라고 지시했고, 기차가 지나가면 국가를 부르러 나오던 아이들을 학교로 돌려보낸 것이었다.

---

*   Charles Laughton(1899~1962). 영국의 배우.

"나는 헝가리에
가서 보았다"

헝가리 정부의 내각 총리인 야노시 카다르는 8월 20일 6000명의 농민 앞에 공개적으로 모습을 드러냈다. 그들은 사회주의 헌법 제정일을 기념하기 위해 부다페스트에서 132킬로미터 떨어진 우이페슈트 축구장에 집결해 있었다. 나는 카다르가 있던 바로 그 연단에 있었다. 또한 그곳에는 10월 사건* 이후 헝가리에 도착한 첫 번째 서방 참관자 대표단도 함께 있었다.

열 달 동안 부다페스트는 금지된 도시였다. 서방 세계의 마지막 비행기는 1956년 11월 6일에 부다페스트 공항

---

* 1956년 10월 23일 수도 부다페스트에서 자유를 요구하는 시민들의 함성으로 시작된 헝가리 혁명을 일컫는다.

을 떠났다. 그 비행기는 부다페스트 전투에서 중상을 입은 특파원 장 칼스 페드라치니를 철수시키기 위해 《파리 마치》 잡지사가 계약한 오스트리아 쌍발기였다. 헝가리는 그 이후 문을 걸어 잠갔고, 열 달 후에야 모스크바 축전 준비 위원회의 영향으로 우리에게 문을 열었다. 그 준비 위원회가 헝가리 정부에 압력을 가해 18명의 참관자로 구성된 대표단을 부다페스트로 초청하게 한 것이었다. 그러나 대표단에는 건축가 두 명, 독일 변호사 한 명, 노르웨이 체스 우승자, 그리고 기자로는 나 외에 다른 한 명뿐이었다. 붉은 콧수염을 한 그 기자는 벨기에 사람인 모리스 마이어로, 지독하게 다정했으며, 맥주를 즐기는 술꾼이었고, 시시한 농담을 재미있게 들려주는 이야기꾼이었다. 그는 스페인 내전을 취재했고, 독일군 점령 기간에 리에주*에서 부상을 입었다. 그들 중에서 내가 아는 사람은 한 명도 없었다. 헝가리 국경에서 세관 당국이 세 시간 동안 우리 서류를 철저히 조사한 다음, 어느 통역사가 우리

---

* 벨기에 동부의 주도(州都). 1차 세계 대전 때 가장 먼저 독일군의 공격을 받은 도시이다.

를 기차 식당 칸에 모아 놓고 자기소개를 하고는 짧게 환영 연설을 했다. 그러고서 이후 보름 동안의 프로그램을 읽었다. 박물관 방문, 청년 단체들과의 오찬, 스포츠 관람, 그리고 발라톤 호수에서 일주일의 휴양이 예정되어 있었다.

모리스 마이어는 모두를 대표해서 초청해 주어 감사하다고 말했지만, 우리는 관광에 그다지 관심이 없다고 알려 주었다. 우리가 원하는 것은 다른 것이었다. 즉, 헝가리에서 무슨 일이 있었는지 정치적으로 미혹됨 없이 정확하게 알고, 헝가리의 현재 상황을 파악하고 싶었다. 통역사는 카다르 정부가 최선을 다해 우리의 소망을 들어줄 거라고 말했다. 그 말을 들었을 때가 8월 4일 오후 3시였다. 밤 10시 30분에 우리는 아무도 없는 황량한 부다페스트역에 도착했다. 그곳에는 어찌할 바 모르는 기운 센 남자들 한 무리가 우리를 기다리고 있었고, 보름 동안 우리를 호위하면서, 최선을 다해 우리가 헝가리 상황을 구체적으로 알거나 느끼지 못하도록 방해했다.

우리가 짐 가방을 내리자마자, 그들 중 하나, 그러니까 통역사라고 자신을 소개했던 남자가 우리 이름과 국적이 적힌 공식 명단을 읽었고, 마치 학교에 있는 학생처럼 이름을 부르면 대답하라고 했다. 그러고는 버스에 올라타라고 했다. 나는 두 가지를 눈여겨보았다. 하나는 우리의 수행원 수였다. 대표단은 몇 명 되지 않았는데, 수행원이 열한 명이나 되었기 때문이다. 또 다른 하나는 모두가 통역사라고 소개했지만, 대부분은 헝가리어를 제외한 다른 나라 말은 하지 않았다는 사실이었다. 우리는 어둠침침하고 황량하며 이슬비가 내려 슬퍼 보이는 거리로 도시를 가로질렀다. 잠시 후 우리는 부다페스트에서 가장 좋은 호텔 중의 하나인 '자유' 호텔에 있었고, 다이닝룸 전체를 차지하는 연회 테이블에 앉아 있었다. 우리 수행원 중 몇몇은 식사 도구를 잘 사용하지 못했다. 식당에는 거울과 커다란 샹들리에, 그리고 붉은 플러시 천의 가구들이 있었다. 마치 새것들을 갖다 놓았지만, 낡고 고리타분한 취향으로 장식한 것 같았다.

저녁 식사를 하는 동안 머리카락이 헝클어지고 눈에는 공상적 오만함이 깃든 어느 남자가 헝가리어로 연설을 했고, 그 연설은 즉시 3개 언어로 번역되었다. 그것은 짧은 환영 인사로, 절대적으로 형식적이고 상투적인 말이었다. 그러고서 그는 즉시 일련의 구체적인 지시 사항을 말했다. 그는 우리에게 거리로 나가지 말고, 항상 여권을 소지하라고 권고했다. 그리고 모르는 사람과 말하지 말고, 호텔을 나갈 때마다 접수 창구에 열쇠를 반환하라면서, '부다페스트는 계엄령 아래에 있고, 따라서 사진 촬영이 금지되어 있다'는 사실을 떠올려 주었다. 그 순간에는 일곱 명의 통역사가 더 있었다. 그들은 아무 목적도 없이 테이블 주위를 돌아다녔고, 헝가리어로 아주 작게 말했다. 나는 그들이 겁을 먹고 있다는 인상을 받았다. 그렇게 평가한 것은 나 혼자만이 아니었다. 잠시 후 모리스 마이어는 내게 몸을 굽혀 말했다. "이 사람들은 죽을 정도로 두려움에 사로잡혀 있어요."

잠자리에 들기 전에 그들은 우리 여권을 거둬 갔다. 여행으로 피곤하고, 잠도 오지 않고 약간 우울해져서, 나는 내 방 창가에서 부다페스트의 밤 생활을 조금이나마 보려고 했다. 라코치 대로에 있는 회색의 부서진 건물들에는 사람이 살지 않는 것 같았다. 희미한 불빛의 가로등, 고독한 거리 위로 내리는 이슬비, 파란 불꽃을 튀기며 삐걱거리며 지나가는 전차, 이 모든 것이 구슬픈 분위기를 만드는 데 일조하고 있었다. 잠자리에 들려는 순간, 나는 내 방 벽이 아직도 총탄의 충격을 보여 주고 있다는 사실을 알았다. 누런 벽지를 바른 이 방이, 오래된 가구와 소독약 냄새가 코를 찌르는 이 방이 10월에 바리케이드였으리라는 생각이 들자 몸서리가 쳐져 잠을 이룰 수 없었다. 그렇게 부다페스트에서의 첫날 밤이 지나갔다.

빵보다 복권 사려는 줄이 더 길다

아침 풍경은 음침함이 덜했다. 10시나 되어야 도착할 통역사들의 경비를 비웃을 속셈으로, 나는 주머니에 열쇠를 넣고 계단을 통해 로비로 내려갔다. 승강기를 사용하지 않은 것은 그것이 바로 접수 창구 맞은편에 있었고, 그러면 관리인의 눈에 띄지 않고 나갈 방법이 없었기 때문이다. 회전 유리문은 라코치 대로와 직접 연결되어 있었다. 우리 호텔뿐 아니라 그 거리의 모든 건물 — 꽃무늬가 새겨진 기차역의 박공벽부터 두너강의 강가까지 — 이 공사장의 비계로 뒤덮여 있었다. 번화가인데 사람들이 나무 골조 사이로 움직이는 모습을 보자, 충격을 피할 수가 없었다. 그러나 그건 덧없고 무상한 느낌이었다. 호텔을 나가 두어 발걸음을 내딛자, 누군가가 내 어깨에 손을 올려놓았던 것이었다. 그는 통역사 중 하나였다. 아주 다정하고 예의 바르게, 하지만 내 팔에서 손을 놓지 않고서 다시 나를 호텔 안으로 안내했다.

대표단의 나머지 사람들은 예정대로 10시에 내려왔다. 마지막으로 내려온 사람은 모리스 마이어였다. 그는 아주 멋진 캐주얼 재킷을 걸치고, 양팔을 활짝 벌린 채 국제 공산당 청년 연맹의 노래를 부르고 있었다. 그리고 허세 부리며 뜨겁게, 하지만 노래를 멈추지는 않으면서 통역사들을 일일이 안아 주었고, 그들은 당황하면서도 기쁘게 그의 포옹에 응답했다. 그러고서 그는 내 옆에 앉았고, 냅킨을 목에 잘 두르더니 식탁 밑에서 무릎으로 나를 툭툭 쳤다. 그는 이렇게 중얼거렸다.

"어젯밤부터 이런 생각이 떠올랐어요. 이 모든 야만인이 무장하고 있을지도 모른다고."

그 순간부터 우리는 어떤 수를 써야 할지 깨달았다. 우리의 수호천사들은 우리가 박물관을 가든, 역사적인 기넘물을 방문하든, 공식 만찬에 가든, 항상 우리와 함께 있으면서 거리에 있는 사람과 접촉하지 못하도록 수상할 정도로 방해했다. 어느 날 오후, 그러니까 부다페스트에서 지낸 지 나흘째 되던 날 오후, 우리는 아름다운 도시 전경을 감상하러 '어부의 요새'*로 갔다. 그곳에서 가까운 곳에 아주 오래된 성당이 있는데, 그것은 오스만 튀르크 침략자들 때문에 이슬람교 사원으로 사용되었고, 아직도 아라비아풍의 무늬로 장식되어 있었다. 우리 대표단의 몇명이 무리를 이루어 통역사들에게서 떨어져 나와 성당으로 들어갔다. 거대했지만 무너질 것처럼 보였다. 위로 조그만 창문이 있었고, 그곳으로 여름의 노란 햇살이 가득 들어왔다. 앞쪽의 어느 의자에 검은 옷을 입은 나이 많은 여자가 앉아 빵과 소시지를 먹는 데 온 정신을 쏟고 있었다. 두 통역사가 잠시 후 성당 안으로 들어왔다. 그리고 중앙 통로로 우리를 쫓아와 아무 말도 하지 않았지만, 그 여자를 밖으로 내보냈다.

---

* 부다페스트 마차시 성당 옆에 있는 네오 로마네스크 스타일의 테라스. 19세기 헝가리 전쟁 당시 어부들로 이루어진 시민군이 요새를 방어해 '어부의 요새'라는 이름이 붙었다.

닷새째가 되자, 우리가 도저히 지시를 따를 수 없는 상황이 되었다. 우리는 낡은 것을 방문하고 쓸데없이 커다란 유적지들을 방문하는 데 진저리가 났다. 그리고 빵을 사려고 줄을 서고, 전차를 타려고 줄을 서는 사람들과 도시의 일상을 버스의 차창 뒤에서만 볼 수 있을 뿐, 접근할 수 없는 대상이라는 느낌을 받았다. 나는 점심을 먹은 후 결심했다. 그리고 접수 창구에서 열쇠를 달라고 했는데, 그곳에서 나는 너무 피곤해서 오후 내내 잠을 잘 생각이라고 알려 주었다. 그러고는 승강기로 내 방에 올라갔고, 즉시 계단으로 내려왔다.

첫 번째 정류장에서 나는 어디로 갈지 정하지도 않고 무작정 전차를 탔다. 만원인 전차 안의 승객들이 서로 밀면서 나를 마치 다른 행성에서 온 이주자처럼 보았지만, 그들의 시선에는 호기심이나 놀라움이 아니라 불신의 비밀주의가 서려 있었다. 내 옆에 있던 어느 노파는 가짜 과일을 단 모자를 쓰고서 헝가리어로 된 잭 런던의 소설을 읽고 있었다. 나는 그녀에게 영어로 말을 걸었고, 그런 다음 프랑스어로도 말해 보았지만, 그녀는 나를 쳐다보지도 않았다. 그녀는 팔꿈치로 밀며 나갈 길을 트고서 다음 정류장에 내렸고, 나는 내가 내려야 할 곳은 거기가 아니라는 느낌을 받으며 그대로 있었다. 그녀 역시 겁을 먹고 있었다.

전차 기관사는 내게 헝가리어로 말했다. 나는 내가 헝가리어를 모른다는 사실을 이해시켰고, 그러자 그는 독일어를 할 줄 아느냐고 물었다. 그는 뚱뚱하고 나이 든 사람으로, 술 취한 것처럼 새빨간 코에 철삿줄로 수선한 안경을 쓰고 있었다. 내가 영어를 한다고 말하자, 그는 여러 번 반복해서 무슨 말을 했지만, 나는 무슨 뜻인지 알아들을 수 없었다. 그는 절망하는 듯 보였다. 그 노선의 종점에 이르고 내가 내려야 할 순간이 되자, 그는 종잇조각 하나를 건네주었는데, 거기에는 영어로 "하느님, 헝가리를 구원해 주소서."라는 말이 적혀 있었다.

전 세계를 충격으로 몰아넣은 사건들이 일어난 지 거의 일 년이 지났지만, 부다페스트는 계속 '임시 공사 중인 도시'다. 나는 전차 철길이 복구되지 않고서 계속 통행이 막혀 있는 지역을 엄청나게 많이 보았다. 형편없는 옷을 입고 슬픈 표정을 지으며 모여 있는 군중은 생필품을 사려고 끝도 없는 줄을 선다. 파괴되고 약탈된 백화점은 아직도 복구 중이다.

서방 세계의 언론은 부다페스트 사건을 요란하게 보도했지만, 나는 그토록 끔찍하게 황폐해졌을 거라고는 생각하지 않았다. 건물 정면이 멀쩡한 관공서 건물은 거의 찾을 수 없었다. 나중에 나는 부다페스트 시민들이 그 건물들로 피신했고, 러시아 탱크에 맞서 나흘 낮과 나흘 밤을 싸웠다는 사실을 알게 되었다. 폭동을 진압하라는 명령을 받은 8만 명의 러시아군은 탱크를 건물들 앞에 배치하고서 건물 정면을 파괴하는 단순하고도 효과적인 전략을 구사했다. 그러나 시민들의 저항은 대담했고 영웅적이었다. 아이들은 거리로 나왔고, 탱크에 올라타서 그 안에 불붙은 화염병을 던졌다. 공식 보도에 따르면, 그 나흘 동안 5000명이 사망하고 2만 명이 다쳤지만, 파괴된 규모를 볼 때 희생자의 수가 훨씬 더 많으리라는 사실은 익히 짐작할 수 있다. 소비에트 연방은 얼마나 많은 군인이 죽고 다쳤는지 정확한 수치를 제공하지 않았다.

11월 5일, 아침 해가 파괴된 도시 위로 떠올랐다. 국가는 글자 그대로 다섯 달 동안 마비되어 있었다. 헝가리 국민은 소비에트 연방과 인민 민주주의 국가들이 보낸 보급 열차 덕분에 그 시기를 견디고 살아남았다. 이제 줄은 예전보다 짧고, 식료품 가게들은 문을 열기 시작하지만, 부다페스트 시민들은 아직 그 재앙의 결과로 고통받고 있다. 복권 가게들은 카다르 정권의 수입원인데, 그런 곳들과 국가 소유인 전당포에는 빵집보다 더 긴 줄이 늘어서 있다. 어느 공무원은 실제로 복권이 사회주의 체제에서 용인될 수 없는 제도라고 말하면서도, 이렇게 설명했다. "그러나 우리는 다른 걸 할 수가 없습니다. 이건 토요일마다 우리의 문제를 해결해 줍니다." 이와 똑같은 일이 전당포에서도 일어난다. 나는 어느 전당포 앞에 한 여자가 허접한 주방 집기들이 가득한 유모차를 끌고 줄을 서 있는 광경을 보았다.

불신과 두려움은 곳곳에서 나타난다. 그건 정부뿐 아니라 국민도 그렇다. 1948년까지 상당히 많은 헝가리 사람들이 외국에서 살았고, 그들뿐 아니라 그들의 아이들도 이 세상의 모든 언어를 말한다. 그러나 그들이 외국인과 말하는 장면은 좀처럼 보기 힘들다. 그들은 이 시기에 정부의 공식 초청을 받은 외국인이 아니면 부다페스트에 외국인이 있을 수 없다고 생각했고, 그래서 외국인과 대화하려고 하지 않았다. 거리에서건, 카페에서건, 머르기트

섬*의 호젓한 정원에서건, 모든 사람이 정부와 그들이 초청한 손님들을 믿지 않았다.

한편 정부는 불만과 반체제 운동이 계속되고 있다고 느낀다. 부다페스트의 성벽에는 "숨은 반혁명주의자들이여, 민중의 힘을 두려워하라."라고 굵은 붓으로 쓴 표어가 있다. 그리고 임레 너지**를 10월 재앙의 책임자라고 비난하는 글귀도 있다. 그리고 그것이 국가의 공식적 망상이다. 임레 너지는 강제 추방되어 루마니아에 있지만, 카다르 정부는 벽을 치덕치덕 바르고, 팸플릿을 편집하고, 그의 주장에 반대하는 시위를 조직한다. 그러나 우리와 말했던 사람들 — 노동자, 종업원, 학생, 심지어 몇몇 공산주의자들 — 은 모두 너지가 돌아오길 고대한다. 온 도시를 돌아다니고 해 질 녘이 되었을 때, 나는 두너강에, 그러니까 독일군에게 폭파된 에르제베트 다리의 폐허 앞에 있었다. 거기에는 시인 샨도르 페퇴피***의 동상이 있는데, 동

---

* 부다페스트 두너강에 있는 섬.

** Imre Nagy(1896~1958). 헝가리의 공산주의 정치인. 수상이 된 후 강제 수용소 폐지 등 여러 개혁 정책을 단행했다.

*** Sándor Petőfi(1823~1849). 헝가리의 국민 시인. 대표 시집으로 『사랑의 진

상은 꽃이 만발한 작은 광장을 사이에 두고 대학교와 분리되어 있다. 열 달 전인 10월 28일에 한 무리의 학생들이 광장을 가로지르면서 소비에트 군대 추방을 목청껏 외치며 요구했다. 그들 중 한 명이 헝가리기를 들고 그 동상에 기어 올라가서 두 시간 동안 연설했다. 그가 동상에서 내려왔을 때, 대로는 부다페스트 남녀 시민들로 발 디딜 틈도 없었고, 그들은 가을 날씨로 잎사귀가 모두 떨어진 나무들 아래에 서서 시인 페퇴피의 혁명가를 부르고 있었다. 그렇게 반란은 시작되었다.

머르기트섬 너머로 1킬로미터 떨어진 두너강 하류에는 프롤레타리아가 빽빽이 모여 사는 동네들이 있는데, 거기서 부다페스트 노동자들은 서로 포개어져 살고 죽는다. 거기에는 문을 닫고 영업하는 술집들이 있다. 따스하고 연기로 가득한 그런 술집들을 찾은 손님들은 엄청나게 커다란 맥주잔으로 맥주를 마시며 따따따따 기관총 소리를 낸다. 헝가리어로 대화를 나눌 때면 그런 소리가 나기 때문이다. 10월 28일 오후 그 사람들은 그곳에 있었다.

주』, 『야노시 비테즈』 등이 있다.

바로 그때 학생들이 반정부 시위를 개시했다는 목소리가 들려왔다. 그러자 그들은 맥주잔을 놓고서 두너강 변으로 올라가 시인 페퇴피 광장까지 갔고, 학생들의 시위에 참여했다. 나는 해가 질 무렵 그 술집들을 돌아다녔고, 군사 정권이 무력으로 다스리고, 소비에트군이 개입했으며, 겉으로는 평화가 나라를 지배하는 것 같지만, 반란의 싹은 계속 살아 있다는 사실을 확인했다. 내가 그 술집에 들어가면, 따따따따 기관총 소리가 불투명한 중얼거림으로 바뀌었다. 아무도 말하려고 하지 않았다. 그러나 두려움에 사로잡혔건, 편견을 지녔기 때문이건, 사람들이 입을 다물 때면 화장실에 가야 한다. 그러면 그들이 생각하는 바를 알 수 있기 때문이다. 거기서 나는 내가 찾던 걸 발견했다. 이미 전 세계의 화장실에서 고전이 된 음란한 그림 속에서 카다르라는 이름이 적힌 글귀들이 있었다. 그것은 익명의 항의이자 저항이지만 특별히 의미가 있었다. "카다르, 민중의 살인자", "카다르, 배신자", "카다르, 러시아 놈들의 사냥개" 같은 말은 헝가리 상황에 대한 확실하고 유효한 증언이기 때문이다.

옮긴이 송병선

한국외국어대학교 스페인어과를 졸업했다. 콜롬비아 카로이쿠에르보
연구소에서 석사 학위를, 하베리아나 대학교에서 문학 박사 학위를
취득하고 전임 교수로 재직했다. 현재 울산대학교 스페인중남미학과 교수로
재직 중이다. 지은 책으로『보르헤스의 미로에 빠지기』등이, 옮긴 책으로
『픽션들』,『알레프』,『거미여인의 키스』,『콜레라 시대의 사랑』,
『말하는 보르헤스』,『썩은 잎』,『내 슬픈 창녀들의 추억』,『모렐의 발명』,
『천사의 게임』,『꿈을 빌려드립니다』,『판탈레온과 특별 봉사대』,
『염소의 축제』,『나는 여기에 연설하러 오지 않았다』,『족장의 가을』,
『청부 살인자의 성모』등이 있다. 제 11회 한국문학번역상을 수상했다.

동유럽 기행

1판 1쇄 찍음 2022년 5월 25일   지은이   가브리엘 가르시아 마르케스
1판 1쇄 펴냄 2022년 5월 31일   옮긴이   송병선
                                발행인   박근섭·박상준
                                펴낸곳   (주)민음사

출판등록   1966. 5. 19. 제16-490호   대표전화   02-515-2000
주소   서울특별시 강남구   팩시밀리   02-515-2007
         도산대로1길 62(신사동)   홈페이지   www.minumsa.com
         강남출판문화센터 5층
         (우편번호 06027)

ISBN 978-89-374-2724-4 (03870)
잘못 만들어진 책은 구입처에서 교환해 드립니다.